ルーシー・モンロー

アメリカ、オレゴン州出身。2005 年デビュー作『許されない口づけ』で、たちまち人気作家の仲間入りを果たす。愛はほかのどんな感情よりも強く、苦しみを克服して幸福を見いだす力をくれるという信念のもとに執筆している。13 歳のときからロマンス小説の大ファン。大学在学中に“生涯でいちばん素敵な男性”と知り合って結婚した。18 歳の夏に家族で訪れたヨーロッパが忘れられず、今も時間があれば旅行を楽しんでいる。

◆主要登場人物

アレクサンドラ・デュプリー……モデル。芸名ザンドラ・フォーチュン。
セシリア……………………アレクサンドラの母親。
マデレイン…………………アレクサンドラの妹。
ハンター……………………マデレインの夫。
ディミトリウス・ペトロニデス……大企業の経営者。愛称ディミトリ。
フィービ・レオニデス………ディミトリの婚約者。
スピロス……………………ディミトリの弟。
テオポリス…………………ディミトリの祖父。

プロローグ

アレクサンドラ・デュプリーは体を二つに折り、バスルームの洗面台に額を押しつけた。陶器の感触がひんやりするが、胸のむかつきはまだおさまらない。気分の悪さで朝早く目が覚めるようになって三日目だ。

しばらくそのままの姿勢で深呼吸を続け、思いきって体を起こした。とたんに吐き気がこみあげたが、なんとか我慢できた。よかった、これなら実行できそうだ……気乗りはしないけれど。アレクサンドラは小さな白いスティックを怯(おび)えた目で見つめた。

ディミトリは避妊に細心の注意を払っていた。だから、生理が遅れてもアレクサンドラは気にしていなかった。吐き気で目が覚めた三日前も、風邪をひいたのではないかと思った。一カ月前、避妊具が破れたことがあったが、その一週間後に生理が始まったから。

だが、自分の体の変化をこれ以上は無視できない。胸のふくらみがやわらかみを増してきたし、一日中疲れている。そのうえ、ディミトリがあと一週間はパリに戻れないとギリシアから電話してきたとき、アレクサンドラは泣いてしまった。そんなふうに感情的になったことなどなかったのに。

十分後、妊娠の事実を知らせる青い線が現れ、アレクサンドラがディミトリウス・ペトロニデスの子供を身ごもったことが確認された。アレクサンドラは途方にくれた。

いらだちを顔に出さないよう、ディミトリは両手をきつく握りしめ、気持ちを落ち着けた。

「おまえはもう三十歳だ。家庭を持つべき年齢ではないか」老人は、一歩も譲らない強い意志の表れた目でディミトリを見据えている。

ディミトリは言い争いたくなかった。祖父は五日前に心臓発作を起こしたばかりだ。

「僕はそんなに年でもないですよ」

両親の死後、ディミトリと弟の親代わりをつとめてきた祖父が鼻で笑う。「ごまかそうとしても無駄だ。跡継ぎのおまえがペトロニデス家の長男の責任を果たすまで、わしは墓に入るわけにいかん」

ディミトリは心臓が縮む気がした。「死ぬなんて話は……」

祖父は肩をすくめた。「誰がいつ死ぬかは人間が決めることではない。だがな、ディミトリウス、わしは年老いた。わしの心臓はもう若いころほど強くはない。フィービと結婚してくれというのはとんでもない頼みか？　なぜ先延ばしにする？　フィービはいい娘だ。

どこに出しても恥ずかしくないギリシア人の妻になるだろう。そして、ペトロニデス家の子孫を産んでくれる」

そこまで言うと体力を消耗してしまったのか、祖父は目を閉じて浅く息をした。

「なぜ医者がすすめる心臓のバイパス手術を受けないんです？」

「なぜ結婚しない？」老人は反撃した。「曾孫（ひまご）の誕生を心待ちにできるなら、手術の苦痛に耐える価値があるかもしれん」

ディミトリの顔から血の気が引いた。「僕がフィービ・レオニデスと結婚しなければ、手術を受けないと？」

孫とそっくりな濃いブルーの目が見開かれ、ペトロニデス家の男性に共通のまなざしがディミトリにそそがれた。「そうだ」

1

アレクサンドラはシルクのホルターネックのトップの上から、今はまだほっそりしているおなかに手を当てた。

晩春にしても珍しいほど暖かい気候に誘われ、少しは気分が晴れるだろうかと、セクシーな装いをしてみたのだった。寝室の鏡で全身を映してみる。シャンパン色のヒップハングパンツとホルターネックのトップを身にまとった体の線には、まだ変化は見られない。

一週間前にわかった妊娠の影響が現れているとすれば、気づかわしげな目くらいのものだろうか。もともとはしばみ色の瞳は、カラーコンタクトレンズによって緑がかっている。アレクサンドラは腰の低い位置にまわした金のチェーンベルトと、動くたびに音のするブレスレットの位置を整えた。そして落ち着かない様子でカールした髪の毛をひと房とり、顔の輪郭を優しく包むように下ろす。

プロの手によってカールされ、何層にもブリーチされた髪は、太陽の光が波打つような輝きにきらめいている。この髪は、ギリシアの大富豪、ディミトリウス・ペトロニデスの恋人で、売れっ子モデル、ザンドラ・フォーチュンのトレードマークだ。しかし、今の彼女はザンドラではなく、ニューオーリンズの旧家の娘で、修道院によって設立された女子校で教育を受け、未婚のまま恋人の子供を身ごもったことにショックを受けているアレクサンドラ・デュプリーだった。

「きれいだよ、かわいい人(ベティ・ムー)」

アレクサンドラははじかれたように鏡から振り返った。ディミトリがドアの前に立っている。青い目に称賛と欲望をたたえて。この一カ月、どれほどディミトリに会いたかったか！ 彼の姿を目にしたとたん、妊娠を、告げなくてはならない真実を、そして恐怖心を忘れ、胸がいっぱいになった。

アレクサンドラはディミトリに駆け寄り、その胸に飛びこんだ。「いとしい人(モン・シェール)、あなたの帰りを指折り数えて待っていたわ」

力強い腕で彼女を抱きしめたディミトリの体は奇妙にこわばっていた。「ほんの一カ月じゃないか。きみだって仕事で忙しかったんだし、それほど寂しくはなかっただろう」

ディミトリの言葉は、一緒に暮らすようになってからもモデルをやめようとしないアレクサンドラに彼が見せたあからさまな不満を思い出させた。だが、彼女は誰かの囲われ者になる気はなかったし、家族を養うためにお金が必要なのだ。ディミトリには何も教えていないけれど。

「いいえ。どんなに忙しくても、あなたがいないことを忘れたりしないわ。一日でも、一週間でも、一カ月でも。寂しくてたまらない」弱い部分をさらけだした自分に、彼女は心のなかで歯ぎしりした。洗練されたクールな女性の仮面はどこへ行ってしまったのだろう。

クールなモデル、ザンドラ・フォーチュンの人格に最初にひびが入ったのは、ディミトリがギリシア滞在が長引くと電話をよこし、泣いてしまったときだった。その後、毎日早朝のつわりに苦しめられ、検査キットで妊娠が確定し、その知らせを聞いた母の最悪の反応を知って、今やザンドラ・フォーチュンという表向きの人格は崩壊の危機にあった。

ディミトリは自制心を失うまいとしていた。ザンドラを前に、それは簡単なことではなかった。そのうえ、今日のザンドラは彼女らしくない。すがりつくような態度。無防備にすら見える。しかし、そんなはずはない。恋人になって一年、ザンドラはその体を惜しげもなくディミトリにさしだし、彼を感動させてきたが、その一方で胸の内は見せようとせず、秘密の行動もあった。

そう、二人の関係は今風だった。永続的な排他的関係など求めていないと、ザンドラは最初から態度で示していた。

彼女が体をこすりつけてくる。あからさまに誘うしぐさに、ディミトリは声をたてて笑った。「ベッドで寂しかったのかい？」

ザンドラに必要とされているとディミトリが確信できるのは、ベッドのなかでだけだ。ザンドラは男性に養われるのを拒み、恋人とつねに一緒に過ごすよりも、モデルのキャリアを優先させようとする。だからといって、これから伝えようとしていることがつらくないわけではない。とはいえ、ザンドラはあっさり受け入れるだろうという予感があった。クールで世慣れた彼女は、別れの愁嘆場など演じたくないだろうから。

彼女は両手を伸ばしてディミトリの首にまわし、豊かな髪で彼の首筋をくすぐった。「いいえ、あなたのすべてが恋しかったわ。ひとりきりで食事をするのも、あなたのお気に入りの選手がダブルフォールトをした全仏オープンをひとりで見るのも、全然楽しくなかった」

その試合を思い出し、ディミトリは眉をひそめた。ザンドラがほほ笑みかけると、ディミトリは自分の体が反応するのに気づいた。すぐに言うべきことを言わなければ、押し流されてしまう。「きみに知らせることがある」

深刻な声の調子に、体がこわばった。「あとじゃだめなの、いとしい人（モン・シェール）？」

ディミトリは彼女の手をはずそうと首の後ろに手をまわしたが、ザンドラは驚くほど指に力をこめて抵抗する。

ディミトリは彼女の手首をつかんだ。「あとではだめだ、今すぐ話したい」

アレクサンドラは話などしたくなかった。妊娠を打ち明ける心の準備がまだできていない。ディミトリに口説かれて始まった二人の関係だった。彼女は心も、体も、そして貞節もディミトリに捧げてきた。どんな妻よりも忠実に。ただし、現実には彼女はディミトリの妻ではなく恋人であり、恋人の妊娠を彼がどう受け止めるか、見当もつかない。

欲望からというよりも恐怖心から、アレクサンドラはディミトリに体をすり寄せた。「いやよ」顎にキスをして、彼の肌を味わう。「話はあとにして」彼女は薄手のシルクに覆われた胸のふくらみで、彼の純白のシャツを上下になぞるようにした。「ねえ、まずは……」

「だめだ、ザンドラ」ディミトリは彼女の両手を自分の首からはずさせた。しかし、そのまま手を離したのが失敗だった。

彼女は自由になった両手でディミトリの上着を脱がせた。「どうしてだめなの？」

ディミトリは彼女をにらみつけたが、脱がされるままになっていた。見るからに高級なイタリア製の上着が床に落とされる。

アレクサンドラが満足げな笑みを浮かべた。「あなたが欲しいの、ディミトリ。話はあとでいいでしょう」

ディミトリは彼女のウエストをつかみ、自分の目の高さまで抱きあげた。「なんてことだ、僕もきみが欲しい」

どうしてディミトリの声に怒りがこもっているのか、アレクサンドラは不思議に思ったが、すぐに情熱的なキスに夢中になった。

アレクサンドラが彼のネクタイを引き抜き、ディミトリが彼女のホルターネックのトップを脱がせる。ディミトリのシャツのボタンをはずす彼女に、彼自身も加勢した。二枚の衣服が、唇を重ねたままの二人の足元にすべり落ちた。ディミトリが彼女をぴったり抱き寄せ、すでに固くとがった彼女の胸の先端を、自分の筋肉質の胸板に押しつける。

快感に身を震わせるアレクサンドラの耳元で、ディミトリが低い声を絞りだした。

「こんなことすべきじゃない……」

その言葉は聞こえていたが、一カ月ぶりに触れる彼の肌の感触に圧倒されたアレクサンドラには、その意味を考える理性など残っていなかった。息もできないほどきつく抱きしめるディミトリもまた、官能のうねりにのまれている。

ほどなく二人はベッドの上で、すべての服を脱ぎ捨てた姿でからみあった。両手で互いの秘められた場所を探りあい、貪欲な口で互いの全身を味わいつくす。二人はかつてないほどの速さで高みに上りつめた。色とりどりの星がはじけ、奈落へと転落する刹那、ディミトリのくぐもったうめき声とアレクサンドラの叫びが、快楽のハーモニーを奏でた。

アレクサンドラはディミトリの胸の上に手を置いた。情熱の名残で、彼の心臓がものすごい勢いで鼓動している。

「すごく強い心臓ね。強い男」彼女はささやいた。ディミトリの強さは、これから告げる妊娠の知らせにどう反応するだろう？

きたるべき事態を予測したかのようにディミトリの体がこわばった。彼は体を反転させ、ベッドから下りた。「シャワーを浴びてくる」

アレクサンドラはベッドのそばにそびえ立つ百九十センチのセクシーな体を眺めた。ディミトリの全身から緊張感が漂っている。

「私も一緒に」

ディミトリは首を振った。「いや、きみはそのままで。すぐにすむ」

思いがけない拒絶にアレクサンドラは傷ついたが、ほほ笑みを浮かべ、うなずいた。

「わかったわ」臆病（おくびょう）だと言われようと、妊娠の知らせを少しでも先延ばしにできたのはうれしかった。

十五分後、姿を現したディミトリは上品なスーツに身を包んでいた。黒髪はまだしっとりと濡（ぬ）れている。ディミトリが普段着でなくスーツを着てきたことに、アレクサンドラはとまどった。

「これから会議でもあるの？」

名工が彫りだしたかのような端整な顔立ちが、無表情な仮面をまとっている。「ザンドラ、言わなくてはならないことがある」

彼女はベッドの上に体を起こし、まっすぐに見つめる真剣なまなざしから体を隠そうとシーツをたぐり寄せた。「何？」

「僕は結婚する」

アレクサンドラは頭が真っ白になった。今ディミトリはなんて言ったの？　結婚？　でもそんなこと、あるはずがない。「結婚？」

ディミトリは両手を握りしめ、緊張している。アレクサンドラは、もはやそんな様子に気づかないふりなどできなかった。

「そうだ」

アレクサンドラにはまだ理解できなかった。何かの冗談に決まっている。「これでプロポーズのつもりなんだったら、ちょっとお粗末よ」

ディミトリの官能的な口元がゆがんだ。「ばかなことを言わないでくれ」

「ばかなこと？」アレクサンドラはその意味を考えようとしたが、思考回路が完全に麻痺(まひ)していた。

「きみはキャリアウーマンだろう。この一年、何度も僕に思い知らせてくれたように。きみみたいに野心的な女性は、ペトロニデス家の跡継ぎの妻にはふさわしくない」

アレクサンドラは骨の髄まで凍りついた。「何が言いたいの？」

「僕は結婚する。したがって、僕たちの関係に終止符を打たなくてはならない」そう告げるディミトリの顔色が悪いからといって、アレクサンドラの痛みがやわらぐわけではなかった。

「あなたは私たちの関係は特別だと言ったのよ。僕を信用してくれって。私があなたとベッドをともにしているかぎりは、ほかの女性とは寝ないと言ったじゃないの」アレクサンドラはベッドから飛びだした。自分が利用された汚らわしいものになった気がした。今しがたの情熱も、ディミトリの言葉によっておとしめられてしまった。

しっとりと輝く豊かな黒髪を指ですきながら、ディミトリはため息をもらした。「ほかの女性とは寝ていない」

「じゃあ、誰と結婚するの?」それは叫び声に近かった。

「きみの知らない女性だ」

「そうでしょうとも」アレクサンドラはディミトリをにらみつけた。彼を殺したい。悲鳴をあげたい。そうでなければ泣きだしてしまいそうだ。

ディミトリはふたたびため息をついた。「フィービ・レオニデスという」

ギリシア人ね。金持ちと結婚するように育てられた、おとなしくてお行儀のいいギリシア人女性に違いない。「いつ出会ったの?」アレクサンドラは痛みに全身が引き裂かれそうだったが、それでも質問せずにはいられなかった。

「子供のころから。家族ぐるみのつきあいだ」

「子供のころから知っている女性を、突然愛していると気づいたの？」

皮肉っぽい笑い声がもれる。「これは愛とは関係ない」

ディミトリは汚らわしい単語でもあるかのように、愛という言葉を吐き捨てた。彼と愛を語りあったことはなかったけれど、アレクサンドラは全身全霊でディミトリを愛していた。そして、彼も少しくらい同じように思ってくれているだろうと希望を持っていたのに。そう、二人のあいだに子供ができた今、結婚と家庭がうまくいく程度には。

「愛していないのなら、なぜ結婚するの？」

「時期が来た」

アレクサンドラは神経質に息をのんだ。「ずっと決まっていたかのように言うのね？」

「そうだ」

頭に血が上り、めまいがし、アレクサンドラの上体が傾いた。

ディミトリは何かギリシア語で悪態をつき、彼女の腕をつかんだ。「大丈夫かい、かわいい人（ペティ・ムー）」

彼はいったい何者なの？　大丈夫か、ですって？　ほかの女性と結婚すると決めていながら、この一年、私を娼婦（しょうふ）代わりに扱っていたと言われて、大丈夫なわけがないでしょう！

「は、な、し、て」アレクサンドラは噛みしめた唇のあいだから声を絞りだした。

ディミトリは手を離したが、怒りの表情を浮かべている。彼をひっぱたきたいという衝動に、アレクサンドラは腕がこわばるのを感じた。ディミトリが一歩下がった。

一年二カ月前に出会って以来、ついさっきまで世界中でいちばんいとしい顔だった。その顔を今、アレクサンドラは下からにらみつけた。「はっきりさせて。あなたは最初からほかの女性と結婚すると決めていたの？」

ディミトリが眉をひそめた。彼は同じ発言を繰り返すのが嫌いだった。「そうだ」

「それなのに私を誘ったの？　私たちは肉体関係以上にならないとわかっていながら、私を娼婦として利用したのね」

ひっぱたかれでもしたようにディミトリはのけぞった。「きみを娼婦だと思ったことなど一度もない。きみは僕の恋人だ」

「元恋人よ」

ディミトリは歯を食いしばった。「元恋人だ」

「なぜ……」アレクサンドラは喉に酸っぱいものがこみあげるのを感じた。この質問はしたくないけれど、確かめないわけにいかない。「なぜ私と今、愛を交わし……いいえ、私とセックスしたの？」

ディミトリは目をそらした。彼の全身がすでに答えを伝えている。

「抑えがきかなかった」

アレクサンドラはディミトリの答えを信じた。それは彼女も同じだったから。二人が出会ったとき、アレクサンドラは二十二歳の処女だったが、彼に対する熱い思いには抑えがきかなかった。

ディミトリは彼女が処女だということに驚きはしたが、恋人としてつきあう決意をひるがえしはしなかった。二カ月間じらしたあと、アレクサンドラは体をさしだした。すばらしい体験だった。ディミトリは彼女を宝物のように大事に扱ってくれた。彼女は愛されていると感じることさえあった。

「私と別れたいなんて嘘だわ」私を手放せるはずがないもの。

「時期だ」ディミトリは繰り返した。それがすべてを説明するとでもいうように。

「最初から結婚すると決めていた相手と、結婚すべき時期が来た、ということ？」

「そうだ」

アレクサンドラは突然、自分が何も着ていないのを意識し、屈辱に打ちのめされた。一年間この人に身をまかせてきたのに……彼はほかの女性と結婚することを決めていたなんて。

さっと寝室を飛びだし、バスルームに向かう。扉にかけっぱなしにしてあったタオル地のバスローブをつかんで身にまとった。寝室に戻ったとき、ディミトリは姿を消していた。

アパートメントのなかを捜したが、どこにもいなかった。ディミトリは出ていったのだ。

アレクサンドラは居間のまんなかに立ちつくした。ディミトリが去った事実を理解しようとする。そして、ついにその事実の重みに耐えきれず、その場にしゃがみこんだ。自分の頭が重すぎて支えられず、首をうなだれる。

一瞬後、熱い涙が頬から首を伝い、バスローブの襟にしみこんだ。

ディミトリは去っていったのだ。


ディミトリはアパートメントの外廊下で壁にもたれていた。ザンドラがバスルームに入ったすきに出てくるのはつらかったが、そうするしかなかった。今でさえ、彼女の部屋に戻って全部嘘だと言いたい気持ちはある。

しかし、フィービ・レオニデスと結婚しなければ、僕が世界中の誰よりも愛し、自分の幸福よりも優先する祖父が死ぬのだ。祖父は最後通告をとり消さなかった。そして今この瞬間も、僕がフィービとの結婚の日取りを決めるまでは手術を受けないと言い張り、車椅子に座ったまま衰弱しつつある。

ディミトリは片方の拳（こぶし）をもう片方のてのひらに打ちつけた。どうしてザンドラは結婚をほのめかしたりしたのだろう？　彼女が結婚を望んでいるわけがない。仮に少しでもそんな気があれば、この一年間、一度くらいは仕事より僕を優先させてくれたはずだ。

女性としてのプライドを傷つけられて、怒っているだけに決まっている。僕がすでにほかの女性と結婚することを決めていたのは、たしかにショックだったに違いない。しかし、ザンドラが僕と結婚するつもりだったとは思えない。あの極端な自立心からして、結婚など範疇(はんちゅう)になかったはずだ。とはいえ、結婚する気がないことにかけては、僕も同じだと思っていたかもしれない。

今日はザンドラとベッドをともにするつもりはなかった。だが、彼女が誘ってきたとたん、理性が吹き飛んでしまったのだ。ザンドラは洗練された大人の女性だが、セックスに関しては決して積極的ではない。情が深く、こちらの行為をどこまでも受け入れ、応(こた)えてくれはするが、彼女のほうから誘ってくることはほとんどなかったし、あったとしても、ごく控えめだった。だから、先ほどのあからさまな誘いに、ディミトリの防御壁がいともたやすく崩れてしまったのだ。

終わった直後、ザンドラの体にまだ自分のぬくもりが残っている状態で、フィービとの結婚を伝えるのはとてもつらかった。

ディミトリは意志の力を総動員して壁から体を起こし、エレベーターに向かって歩きだした。きっぱり別れるしかない。

三十六時間待って、アレクサンドラはディミトリの携帯電話の番号を押した。彼女が愛した男性であり、今やおなかの赤ん坊の父親でもあるディミトリが自分のもとへ戻ってくるのを今か今かと待ちつづけた、長い三十六時間だった。

ディミトリは私を抱いた。そんなつもりがなかったのは明らかだ。そして、フィービとはベッドをともにしていないし、愛してもいないと、はっきり言っていた。彼が必要としているのは、フィービよりも私のほうだ。

でも、ディミトリは戻ってこない。そうであれば、こちらから連絡をとるしかない。アレクサンドラはディミトリに心底、腹を立てていたし、かつてないほど傷ついてもいた。けれど、私がディミトリの赤ん坊を授かったという事実は、彼に告げなくてはならない。彼がほかの女性と結婚するという過ちを犯す前に。

子供を授かったことを知っても、ディミトリが結婚の予定を変えない可能性については、考えたくなかった。

電話の呼び出し音が三回鳴ったところで相手が出た。「ディミトリだ」

「ザンドラよ」

返ってきたのは、緊張をはらんだ沈黙だった。

「話がしたいの」

さらに沈黙が流れる。

「もう話すことはない」

「いいえ。私からあなたに話さなければいけないことがあるの」アレクサンドラは息を吸いこみ、叫び声をあげたい衝動をこらえた。「私たちは話をする必要があるわ。それくらい応じるのは、あなたの義務でしょう、ディミトリ」

またしても長い沈黙。

ついに電話の向こうから深いため息が聞こえてきた。「わかった。シェ・ルネで昼食を」

「ここで会いたいんだけど」人のいる場所で、妊娠の話や、自分の本当の素性は言いたくない。

「だめだ」

アレクサンドラは歯ぎしりしたが、反論しなかった。「わかったわ」外で会うほうが、その場で殺されたりしないだろうし、いいかもしれないと皮肉っぽく思う。

二人は時間を決めて電話を切った。

携帯電話を閉じたディミトリは向きを変え、アテネのオフィスの大きな窓に視線を転じた。あの日、パリのアパートメントを出たその足でアテネに飛んできた。あのままパリにいたら、ザンドラのもとに戻ってしまいそうな気がして。

そんな自分に腹が立つ。

祖父の命がかかっているのだ。ザンドラに執着している場合ではない。そもそも、そんな執着がよからぬ結末をもたらすことは、父母から学んだはずじゃないか。

ザンドラにとってディミトリは初めての恋人だったが、最後の恋人になるはずもない。彼女には自分以外に恋人がいるのではないかと考えるときもあった。モデルの仕事でもないのに、ときどき海外に出かけ、行き先や目的を教えてくれないのだ。

そんな疑いをいだくのはばかげていると自分に言い聞かせてきた。ザンドラは、ほかの男性に色目を使ったりしないし、ベッドではいつも情熱的に応えてくれる。しかしセックスについてはともかく、感情の面では、完全に自分のものではないという意識をぬぐい去ることができなかった。

だからこそ、別れをきりだしても、いつもの冷静さで受け止めてくれるだろうと思っていたのだ。これまでだって、モデルの仕事や僕のビジネスのために離れて過ごすことになっても、クールにふるまっていたし。ディミトリは、つい先日、ギリシアでの滞在が延びると電話を入れたとき、ザンドラが泣いていたのを思い出した。

ザンドラが僕を愛していると考えるようになったのだとしたら？　ディミトリは身震いした。愛は、女性が欲望に身をまかせるときに使う言い訳だ。僕の母は父を愛しているはずだった。ところが彼女は、同時にテニスコーチを、次には仕事で知りあった女性の夫を、それからイタリア人のスキーコーチを愛し、そのイタリア人と駆け落ちした。

女性が愛という名のもとにどんな裏切り行為をするか、母が実証している。愛などという、移ろいやすく、最後には痛みをもたらす感情に翻弄されるより、性的欲望をお互いに満たす関係のほうがよっぽどましだ。

ザンドラはもう一度会いたいと望んでいる。ディミトリは握り拳を窓枠にこすりつけた。会うことに同意したのは、ザンドラの言うとおりだからだ……僕には彼女との話し合いに応じる義務がある。

二人は一年間、一緒に暮らした仲だ。それに、ザンドラは僕に純潔をさしだしてくれた。彼女にとって大したことではなかったようだが、ギリシアの伝統的な価値観で育てられたディミトリには贈り物のように感じられたものだ。その女性を、あんな冷酷なやり方で切り捨てるわけにはいかない。

そういえば、お別れに何もプレゼントしていない。何か用意しよう。そして、ザンドラが将来に不安を感じないようにしなければ。

2

小さなビストロのテーブルのあいだを縫ってディミトリが近づいてくるのが見える。だがアレクサンドラは立ちあがらなかった。晩春の日差しのもとでなら、今日の話し合いが少しでも明るいものになる気がして、アレクサンドラは屋外のテーブルに座っていた。メタルフレームのサングラスにディミトリの目は隠されているものの、唇を引き結んだ口元からは険しさが伝わってくる。

ディミトリはアレクサンドラの向かいの椅子に座った。「やあ、ザンドラ」

一年間一緒に暮らした女性に対するものとは思えない、そっけない挨拶だった。アレクサンドラは、クールな大人の女性を演じることでわが身を守ろうとした。かすかに顔を傾け、挨拶を返す。「ディミトリ」

ディミトリはサングラスをはずし、テーブルの上に置いた。青い目からは何も読みとれない。「注文はすんだ？」

どうしてこんな質問に身を引き裂かれるような苦痛を味わわされるの？　おそらく、二人のあいだに生まれた距離を確認する言葉だからだ。以前のディミトリなら〝元気？〟とか〝今朝は何をした？〟といった、彼女の様子を気づかう言葉を省略するなどありえなかった。

「あなたの分もステーキとサラダを頼んだわ」

「そうか。もう一度会うべきだと主張したからには、何か特別な理由があるんだろうな」一年続いた関係の解消自体については、話しあう必要などないと言わんばかりだ。「僕も、この前しそびれたことがある」ディミトリは顔をしかめた。「予想と違う展開になったから」

ディミトリの言葉は、アレクサンドラのすでに傷ついた心に新たな打撃を与えた。あの日二人は情熱的に愛を交わし、その後ディミトリが一方的にアレクサンドラを捨てた。いったい、どの部分がディミトリの予想外だったというのか？

「あなたに知らせておかなければいけないことがあるの。あなたが……」アレクサンドラは言葉にできなかった。

ディミトリはいぶかしげに片方の眉をつりあげたが、同時に書類鞄(かばん)から書類の束をとりだし、テーブルに置いた。そして小さな箱を書類の上にのせる。見るからに宝石箱とわかるものだ。いかにも事務的な態度に、アレクサンドラは平静さの仮面をついにかなぐり捨てた。

「ほかの女性と結婚するなんてだめよ！」考える前に、言葉が口からほとばしり出た。「あなたを愛してもいない人が、この一年のあなたの生活を受け入れるわけがないわ」

黒い眉がふたたびつりあがった。

「あなたは一年間私と一緒に暮らしていたのよ」そんな男性を夫として受け入れる女性がいるとは思えない。

「その事実は世間には知られていない」

ディミトリの言葉は、アレクサンドラを打ちのめした。

彼の言うとおりだ。ヨーロッパで有名なモデルと億万長者の関係を隠すのは並大抵のことではなかったが、費用を惜しまなかったのと、アレクサンドラが注意深く行動したことによって、二人の関係はマスコミにもれていない。それを言うなら、アレクサンドラ自身にも、国際的なスキャンダルを避けなくてはいけない理由があった。

アレクサンドラ・デュプリーという本当の自分を隠し、ディミトリよりも仕事を優先させなくてはならないのと同じ理由だ。ただし、自分がディミトリの子供を身ごもり、彼がほかの女性と結婚すると言いだした今となっては、優先順位が変わってしまったけれど。

「彼女を愛しているの？」愛していないとディミトリはほのめかしていたが、アレクサンドラは確かなことが知りたかった。

「愛は関係ない」

思わず唇をぎゅっと噛(か)みしめたアレクサンドラは、血の味に驚いた。

ディミトリは舌打ちしてナプキンをつかみ、グラスの水に浸して彼女の口元を押さえた。顔は怒りにゆがんでいる。「やめてくれ、ザンドラ。僕らの関係がいつかは終わるのは、きみだってわかっていたはずだ。思っていたより早かったかもしれないが、きみがそれほどショックを受けるはずがない」

アレクサンドラは首を振った。この一年間、二人の関係が終わることを予期しながら過ごしていたはずだと言われるとは、信じられない。とはいえ、彼女自身、ディミトリとの将来の生活設計を立てていたわけではなかった。将来について考えることを拒否していたというのが真実だ。

「愛しているの」言葉がひとりでにこぼれ出た。

「やめろ」

「やめるって、何を？　真実を言うこと？」

「そんな台詞(せりふ)で僕を操ろうとすることだ」

「あなたを操ろうとなんかしてないわ」

ディミトリの顔に皮肉な色が浮かんだ。「だったらこの一年間、そのすばらしい愛という言葉を一度も口にしなかったのはなぜだ？」

「怖かったの……」

ディミトリはあざけるように笑った。「きみはもっと誠実だったはずだ」

彼の不信感はある程度理解できた。たしかにアレクサンドラは彼を愛していると言ったことはなかったし、母や妹がいること、二人を養うためにディミトリと過ごす時間を犠牲にしてでもモデルの仕事を優先しなければならないことも、黙っていたのだから。けれど、子供を授かったせいで自分の人生を見つめ直した今、ディミトリとの関係の大切さに気づいたのだ。

それはわかっていても、愛していると言った言葉をあっさり否定されて、アレクサンドラは深く傷ついた。「あなたは私が好きなんでしょう。それは否定できないはずよ。この一年間を思い出して。おとといのセックスも」

「あの日きみを抱いたことは責められても仕方がない。言ったとおり、抑えがきかなかったんだ」

アレクサンドラが好きだったことさえ認めようとしない。認めるのは彼女の性的魅力だけ、ということなのだろうか。それでも、何かしら情はあるはずだ。「セックスだけなら、私でなくても、婚約者を相手にすればいいんだから」

「ギリシアの真っ当な娘は、結婚前に純潔を捨てたりしない」

ディミトリは自分の言っていることが前近代的だと気づいているのかしら？　「じゃあ、私はなんだっていうの？　娼婦（しょうふ）？」

ディミトリのがっしりした肩がこわばった。「いや、きみは独立心旺盛なキャリアウーマンだ。僕はきみを求めた。そしてきみは僕を求めた。僕らはお互いになんの約束もしなかった。きみとの結婚を考えたこともない。きみが誠実なら、それは認めるだろう」

「どうして認めなきゃいけないの？」たしかに具体的に結婚を考えていたわけではなかったが、こんなふうにいきなり関係が終わるとは想像もしていなかった。しかも彼がほかの女性と結婚するという理由で。「私たちは特別な何かを共有したじゃない」

「僕らが共有したのは気持ちのいいセックスだ」

手が震えだした。アレクサンドラは口元まで持ちあげたグラスをテーブルに戻した。

「よくもそんなことが言えるわね」

「真実だ」

「あなたの真実でしょう」

ディミトリは肩をすくめた。「そうかも」

「私だって、あなたに言わなければならない真実があるのよ」

「なんだ？」ディミトリの声は冷たい。

アレクサンドラが愛だと思っていたものが、単にセックスだったと目の前で断言した相手に、あなたの子供を授かったと告げるのは、思っていた以上に勇気が必要だった。だが、単刀直入に言うしか方法はない。「妊娠したの」

ディミトリは顔色ひとつ変えない。ややあって彼は哀れみの表情を浮かべた。「ザンドラ、自分をさげすむのはやめろ。もちろん経済的援助はさせてもらう」

手切れ金の額をつりあげようとして嘘をついているとでも？　アレクサンドラは目の前の書類と宝石箱をにらみつけた。視線で燃やしてしまえればいいのに。「あなたの子供よ、ディミトリ」

彼は低くうなり、眉間を指でもんだ。「きみはいつも率直で正直だったじゃないか。この期に及んで作り話はやめてくれ」

私が嘘をついていると思っているの？　そしてこれまでは正直だったと？　ディミトリは、私が天涯孤独の身でフランス人の売れっ子ファッションモデル、ザンドラ・フォーチュンだと信じているくせに、彼の子供を授かったことは信じようとしない。

あまりの皮肉に、アレクサンドラは喉が締めつけられそうだった。

「嘘じゃないわ」

ディミトリの冷笑がアレクサンドラを行動に走らせた。ハンドバッグから妊娠検査スティックをとりだし、彼の目の前に突きつける。

「青い線が妊娠の証拠よ」

彼がどう反応するか、予測していたわけではなかったが、暴力的なまでの怒りをぶつけられようとは思ってもいなかった。

ディミトリは、妊娠検査スティックを持ったほうのアレクサンドラの手首をつかみ、怒りに体を震わせた。

「よくもこんなものを見せられるな！」

「ええ、見せるわよ。あなたが別の女性と結婚するからといって、私のおなかにあなたの子供を宿したことを知らせるのは当然でしょう」

「人をばかにするのもいい加減にしろ。僕の子供のはずがないじゃないか」

「コンドームが破れたの、覚えているでしょう」覚えているはずだ。ディミトリはひどく心配していたもの。

「それはきみの生理が始まる前の話だ。そのあとはおとといまでセックスしていない」彼女の手首を握る手に力がこもる。「認めろ。妊娠なんかしていないと」彼は首を振った。

「これは冗談だと」

「痛いわ」涙をにじませ、アレクサンドラは声を絞りだした。

そのときフラッシュが光り、ディミトリはうんざりした表情で彼女の腕を放した。ディミトリの護衛がカメラマンを追いかけていく。

「嘘じゃないわ。妊娠したのよ」

それはディミトリの怒りを増長させた。「だとしても僕の子供ではない」

彼の言葉に、アレクサンドラは一瞬、凍りついた。なぜ自分の子供でないと言えるの？

アレクサンドラは浮気をしたことはなかった。それは彼も知っている。「あなたの子よ」

ディミトリの顔が激しい憎悪にゆがんだ。「僕がフィービと結婚することをさんざん非難しておきながら、きみはほかの男と寝ていたというわけか。相手は誰だ?」

ものすごい剣幕に、アレクサンドラは怯んだ。ディミトリがとり乱すのを見るのは初めてだ。彼は公の場での愁嘆場を何より嫌っていたのに。

「ほかの男なんかいないわ」

「それ以外にありえないだろう」

「生理のことは私にもわからないけど、本当にあなたの子供よ」

「きみが不自由しないよう、アパートメントを進呈するつもりだったが、もうやめた。きみの恋人とその子供を僕に養わせるつもりか? あいにく、僕はそれほどばかじゃない」

ディミトリは書類をつかみ、箱を彼女の前に置いた。「受けとりたまえ。一年分のお勤めの記念品としては充分だろう」

アレクサンドラは箱を押しやった。「あなたの子供よ! 検査すればはっきりするわ」

ディミトリがさっと立ちあがった。「経済的な要求をしてくるつもりなら、検査を受けてからにしてくれ」

アレクサンドラは息をのんだ。胃が痛み、吐き気がこみあげてくる。自分の体を両手で抱えるようにしていても、今にも体がこなごなに砕け散ってしまいそうだ。

二人の子供という授かりものを情け容赦なく拒絶されたショックは、あまりにも大きかった。

嗚咽をこらえきれない。

アレクサンドラは手で口を覆い、音を抑えた。ディミトリに弱みを見せたくなかった。

「二十四時間以内にアパートメントから出ていってくれ」ディミトリは鋭い視線でにらみつけ、きびすを返して立ち去った。


アレクサンドラは居間を行ったり来たりしていた。ディミトリの携帯に何度となく電話をかけたが、いつも留守番電話サービスにつながってしまう。ディミトリのパリの事務所にも、アテネの事務所にも電話して、それぞれ交換手にメッセージを残し、とうとう彼の祖父の家にまで電話をかけて家政婦に伝言を頼んだ。

どれも同じ伝言だ。〝電話をください〟

しかしディミトリから連絡はなかった。アレクサンドラが怒りと悲しみに苦しみつづけたきのうの午後も、眠れない夜も。おなかの赤ん坊のために睡眠をとらなくてはと思っても、フィービと結婚すると言ったときのディミトリの顔が、あるいは、妊娠を告げたアレクサンドラに向けた嫌悪感もあらわなディミトリの顔が浮かび、アレクサンドラは一睡もできなかった。

すでに次の日の午後一時近かった。もう一度、ディミトリのすべての電話番号にかけてみたが、彼をつかまえることはできなかった。どうしていいかわからない。

アレクサンドラが浮気していたとディミトリが確信していた事実が、何度も頭をよぎる。その程度の信頼もされていなかったとは！

ディミトリに軽い女だと思われたショックに、アレクサンドラはしゃがみこんだ。そのとき、玄関ドアの鍵をあける音が聞こえた。浮気を疑った愚かさに気づいて、ディミトリが戻ってきたに違いない！　アレクサンドラは玄関に飛んでいった。

勢いよくドアを手前に引き、彼の名を呼ぶ。「ディミト……」言いかけた言葉が喉の奥に消えた。

ドアの向こうに立っているのはディミトリではなかった。

「あなたたち、誰？」思わず英語で言ってから、自分がパリにいることを思い出し、フランス語で質問を繰り返す。

小太りで頭の禿げあがった男が無言で部屋のなかに入ってきた。その後ろから、いかにも有能そうな女性と薄茶色の髪をした細身の男が続く。

女性が口を開いた。「私はミスター・ペトロニデスの不動産マネジャーです。あなたの退去を監督に来ました」

アレクサンドラはかろうじて洗面台までたどりつき、きのうから今日にかけて無理に食べたわずかなものをすべて嘔吐した。

バスルームから戻ったアレクサンドラが見たのは、先ほどの黒髪の女性がクリップボードにはさまれた書類をチェックしながら、男性二人に梱包を指示している姿だった。ディミトリと二人でバルセロナに旅行したとき、彼が買ってくれたラドロ社製の陶磁器の人形を彼女がペンで指し示している。

頭の禿げあがった男性が人形をすばやく紙でくるみ、彼らが持ちこんだ引っ越し用段ボール箱に入れた。そうやって、ディミトリから贈られたものも含めて次々と荷造りされていく。アレクサンドラはあっけにとられて眺めるばかりだ。

この三日間はまさに悪夢だったが、今目の前で起こっていることは悪夢以上だ。衝撃のあまり、アレクサンドラはその場にくずおれそうだった。

「ディミトリが私を追いだすためにあなたをよこしたの？」小さな声しか出なかったが、黒髪の女性には聞こえていた。

女性がこちらを向いた。その顔にはなんの表情も浮かんでいない。「ええ、あなたの引っ越しの進行、管理のため、という意味でしたら」

「彼の元愛人を追いだすのは何回目？」

不動産マネジャーがまぶたを引きつらせた。「ミスター・ペトロニデスとあなたの間柄は、私には関係ありません。私は仕事の指示に従っているだけですから」

「戦犯が法廷で言う自己弁護の台詞と同じね」

黒髪の女性は口を引き結び、何も言わずに目をそらした。アレクサンドラもそれ以上追及せず、かつてディミトリと過ごした寝室に向かい、自分の服の荷造りを始めた。業者の男たちに触れさせたくはない。彼らが部屋に侵入し、持ち物を箱詰めしてアレクサンドラの存在を抹消しつつあることで、彼女はすでに侵略されたように感じていた。

二時間後、アレクサンドラが居間に戻ると、荷造りはすでに完了していた。二人の男が次々に箱を外へ運びだしている。

禿げたほうの男が箱を持ちあげるのを見て、それまで麻痺していた感覚が急に息を吹き返し、アレクサンドラは叫び声をあげた。「待って!」

男は動きを止めた。

「その荷物のなかに、私のじゃないものもまじっているわ。私がチェックして分類するまで待って」

「ミスター・ペトロニデスがつくったリストは正確なはずです」黒髪の女性が反論する。

「関係ないわ」アレクサンドラは背筋を伸ばし、百七十三センチの長身で不動産マネジャーを上からにらみつけた。「ディミトリのものは何ひとつ持っていかないわよ」

アレクサンドラの決意が固いのを見てとったのか、不動産マネジャーはそれ以上何も言わなかった。四十五分後、アレクサンドラはディミトリから贈られたものをひとつ残らず荷物からより分けた。スーツケースに入った服もひっくり返し、セクシーな下着やデザイナーブランドのドレスなど、ディミトリが買ったものはすべてとりだした。

アレクサンドラが作業を終えたとき、居間の床の上には、さまざまなものときちんと折りたたまれた服の山が二つ、できていた。

「あともうひとつで終わりよ」

気圧(けお)されたように三人が見守るなか、アレクサンドラはハンドバッグから妊娠検査スティックとディミトリに押しつけられた宝石箱をとりだし、下着の山の上に置いた。そして手さげ旅行鞄を持ち、おそろいのスーツケースを転がしながら、アパートメントを出ていった。

ディミトリからの連絡を待って、一週間はパリのホテルで過ごした。彼が頭を冷やして理性をとり戻すのを期待していたのだ。しかし、アパートメントを追いだされて七日後、ディミトリとフィービ・レオニデスの婚約発表が新聞に報道された。写真のなかのフィービは十九歳くらいの、いかにもういういしい娘だった。

アレクサンドラはその日のうちにホテルをチェックアウトし、荷物をアメリカに送る手配をつけ、モデル事務所との契約を打ち切り、ザンドラ・フォーチュン名義の銀行口座とクレジットカードを解約し、アレクサンドラ・デュプリーの名前でアメリカ行きの航空券を買った。

ファッションモデルで、ギリシアの億万長者ディミトリ・ペトロニデスの元愛人、ザンドラ・フォーチュンはこの世から姿を消した。

初秋のある日、アレクサンドラはニューヨークの街角にいた。婦人科クリニックから出ると、外気はまだ夏の名残の熱気と湿気をおびていた。アレクサンドラは手に持った超音波写真に目をやった。ビデオはもうバッグに入れたが、写真はしまう気になれない。外見上は少しウエストが太くなった程度だが、自分のおなかにはたしかに赤ん坊が宿っている。その事実を見せてくれる写真は、アレクサンドラの心を高揚させた。

男の子だった。ディミトリ・ペトロニデスの血を引く男の子。ディミトリはアレクサンドラの愛を拒絶したが、彼の息子をアレクサンドラが愛することは誰にも止められない。そして、この小さな命は、そそいだだけの愛情を返してくれるだろう。アレクサンドラは毎朝のつわりのために体力を消耗した状態であるにもかかわらず、喜びを感じた。

うれしい知らせを誰かに聞いてほしくて、アレクサンドラは携帯電話をとりだし、妹のマデレインに電話をかけた。妹はあいにく留守だった。メッセージを残す代わりに、家に帰ってから直接話そう。ニューオーリンズにいる母に電話しようかという考えは、一瞬で打ち消した。どうせ〝おまえはうちの家系に泥を塗った〟と言われるだけだ。今は母の小言につきあう気分ではない。

パリのアパートメントの番号を押したのは衝動的だった。ディミトリが結婚したというニュースは、ニューヨークの社交欄にはまだ出ていない。自分でもばかげていると思いながらも、アレクサンドラはディミトリが正気に戻って結婚をとりやめたのではないかと期待せずにはいられなかった。

そこまでは無理だとしても、あれから三カ月以上たっているから冷静さはとり戻しただろうし、アレクサンドラが二股をかけていたはずなどありえないと気づいただろう。

電話の呼び出し音を聞きながら、パリではちょうど夕食時だとアレクサンドラは気づいた。もしかしたらディミトリは外出しているかもしれない。あるいは、パリにいないのかも。アレクサンドラはそのまま呼び出し音を聞いていた。ディミトリの携帯電話にかける勇気はない。それに、赤ちゃんのことは、ディミトリがかつてアレクサンドラと暮らした部屋にいるときに話したい。

呼び出し音が止まった。「もしもし?」

アレクサンドラは携帯電話を落としそうになった。電話に出たのは女性だった。声の主がディミトリの新しいお相手ではなく、家政婦であることを祈りつつ、なんとか声を絞りだす。「ミスター・ペトロニデスをお願いできます?」

「あいにく、夫は出かけております。伝言をうけたまわりましょうか?」

夫！　アレクサンドラは息をのんだ。なんてこと。やはりディミトリはほかの女性と結婚してしまったのだ。彼の子供を身ごもったアレクサンドラを残して。奇妙なことだが、この瞬間まで、ディミトリがほかの女性と結婚するとは本気で信じていなかった。そして今、アレクサンドラは理解した。これまで彼女がディミトリに寄せていた無言の信頼にはなんの根拠もなかったのだと。

「もしもし？」

「はい」

「夫に伝言は？」

「いいえ。私……」言葉が続かない。たった今、ディミトリの息子の存在をこの目で確認した喜びが消えていく。

「どちらさまでしょうか？」若い女性の声にいらだちがにじんだ。フィービ・レオニデス、いえ、フィービ・ペトロニデスに違いない。

あまりに動揺していたせいか、アレクサンドラはフィービの質問にすんなり答えてしまった。「ザンドラ・フォーチュンよ」

「ミス・フォーチュン！　今どこに？　ディミトリがずっと捜しているんです。赤ちゃんのことで必死になって」

ディミトリは奥さんに私のことを話したの？　私が妊娠していることも？　アレクサン

ドラは携帯電話を耳から離し、手に持ったまま不思議なものでも眺めるようにまじまじと見つめた。若い女性のとり乱した声が聞こえてくるけれど、内容まではわからない。

アレクサンドラはそのまま携帯電話のスイッチを切った。

3

ストレートのウイスキーをひと口飲み、ディミトリは高層アパートメントのテラスに出た。先客はいない。十一月のニューヨークの外気は、すでに冬を感じさせる冷たさだ。ディミトリはつい今しがた着いたばかりだった。投資銀行家の自宅を開放してのパーティはすでに盛りあがっている。この五カ月というもの、ビジネスにはまったく興味が持てない状態だったが、仕事上の知り合いに、ぜひ今日のパーティのホストを紹介したいと言われてディミトリは足を運んだのだ。そう、自分の子供の母親を見つける以外に、なんら興味がわかない。

ニューヨークへ来たのも、ザンドラが最後に姿を現したと思われる場所だからだ。荷物をパリからニューヨークの運送会社あてに送り、荷物が到着した日に引きとった形跡がある。ディミトリが捜索を始める前日だ。調査員を何人も雇ったにもかかわらず、その日以降のザンドラの足どりはまったくつかめていない。

ザンドラはモデルエージェンシーとの契約を打ち切っただけでなく、クレジットカードと銀行口座も解約していた。以後、ザンドラ・フォーチュンから連絡を受けた者はひとりもいない。

いや、正確に言うと違う。パリのアパートメントでフィービが電話を受けている。ザンドラは、電話をかけてきた理由も、現在の居場所も告げないまま電話を切った。使われた電話は、探知不能な携帯電話だった。

そのことを思うと、ディミトリはいまだに舌打ちしたくなる。僕が電話に出ていたら、ザンドラは居場所を教えてくれただろうか？

人々が歓談する声がテラスにも聞こえてきた。ディミトリは、乗り気でもないパーティにわざわざ出かけてきたことを後悔しはじめた。先に失礼して帰ろう。

振り返ったとき、ひとりの女性の姿が目に入った。こちらに背を向けて立つ女性の髪の毛は背中のまんなかまで届くブロンドで、ゆるやかにカールしている。見間違えようのない後ろ姿。女性がテラスの手すりにつかまり、のけぞるようにして大きく息を吸った。

「ザンドラ！」

女性が振り向いた。ザンドラと姉妹と言われても不思議ではないほど似ていたが、ザンドラではない。ディミトリは心臓をわしづかみにされたような胸の痛みを感じた。

女性がほほ笑みを浮かべると、きれいに並んだ白い歯が、テラスの青みがかった照明を浴びて光った。「あら。誰かいるとは思わなかったわ」

「僕もひとりになるためにテラスに出たんだ」ディミトリは認めた。

女性がふたたびほほ笑む。「わかるわ。いろんな人と話をするのは好きだけど、ときどき、自分ひとりの空気を吸いたくなるのよね」

ディミトリは自分が数カ月ぶりにほほ笑みを浮かべているのに気づいた。「だったら、邪魔はしないよ」

女性が手を振る。「気にしないで。静かなオアシスを誰かと共有するのもたまにはいいもの。ザンドラをご存じなの？」

「ああ。知っている」

「すばらしいモデルだったわね。純真さと情熱のバランスが絶妙で。スーパーモデルにだってなれたのに。ニューヨークで仕事をしないのは残念だわ」

「ヨーロッパで働くのを好んでいるからな」

女性の顔にいぶかしげな表情が浮かんだ。「ええ、そうだったんでしょうね」

「彼女についてずっと過去形で話しているね」子供ができたせいでザンドラはモデルの仕事をやめたのだろうか？

「ザンドラ・フォーチュンはいなくなったもの」

「いなくなった？　どういう意味だ？」

女性がため息をつく。「姉によれば、ザンドラ・フォーチュンは死んだのよ」

その言葉は、ボディブローを受けたかのような衝撃を与えた。膝が震えだす。ディミトリは必死で手を伸ばし、テラスの手すりにつかまった。その場にくずおれなかったのは奇跡だ。「死んだ?」

空気を吸おうとしたが、肺が言うことを聞かない。手に持ったウイスキーグラスが割れ、とがった先端がてのひらに突き刺さる感触があった。

「まあ、大変。大丈夫?」女性が心配そうな声をあげた。「ここにいてちょうだい。すぐに何かとってくるから」

ディミトリは手から流れる血をぼんやりと見つめた。何も感じない。ザンドラが死んだ。僕の子供も。その事実がディミトリの意識を完全に支配し、ほかに何も考えられなくなった。

数分後、あるいは数時間後だろうか。先ほどの女性が救急箱を手に、メイドを従えて戻ってきた。メイドは水の入ったボウルと小さなタオルを何枚か持っている。

「ボウルとタオルをそこに置いていってちょうだい。戻るときに扉を閉めていって」女性はメイドに指示し、ディミトリに向かって軽くほほ笑んだ。「大げさにしたくないの。パーティで騒ぎが起こると、夫がいやがるから」

「さっき、きみはザンドラが死んだと言った」聞き間違いだったのだろうか?

「ええ」女性は手際よくディミトリの手を水で洗い流し、傷口の部分に絆創膏(ばんそうこう)を貼(は)った。

「あなたにショックを与えるつもりじゃなかったのよ。世間の人は何も知らないってことを忘れて、つい言ってしまったの……」

ザンドラが死んだことを世間が知らなくてもかまわない。「死因は……」ディミトリは喉の塊をのみこんだ。「赤ん坊か?」

手当ての最中だった女性の手が止まった。「なぜ赤ん坊のことを知っているの?」薄茶色の瞳でディミトリをじっと見据える。明るく社交的だった雰囲気が、今は疑わしげなものに変わっていた。

「ザンドラに聞いた」

「あなた、ディミトリ・ペトロニデスなの?」ザンドラに似た女性は、腐ったものを食べたかのようにディミトリの名前を吐きだした。

「そうだ」

次の瞬間、ディミトリは顔に平手打ちを見舞われ、バランスを崩した。

「薄汚い人でなし! この場で絞め殺してやりたいわ。姉さんにあんな仕打ちをしておいて、よくも私の家に来られたものね!」

「いったい何事だ?」ブロンドの巨人を思わせる男がテラスに飛びだしてきた。「僕の妻に何を言ったんだ?」

「ハンター!」女性は夫に駆け寄った。「ディミトリ・ペトロニデスよ。すぐに追いだして。アリーの目に入ったら、また具合が悪くなるわ。やっと不眠が治ってきたのに。お願い、なんとかして！」

女性の言葉も行動も、ディミトリには理解できなかった。ザンドラは死んだと言ったではないか。もっとも、その悲惨な事実以外はどんなことも意味はなかったが。

言われるまでもなく、ここからすぐに立ち去りたい。ディミトリはきびすを返した。

ペントハウスの居間でハンターの仕事関係の知り合いと雑談を交わしていたアレクサンドラにも、妹マデレインの興奮した大声が届いていた。様子を見るために立ちあがる。

感謝祭に向けて秋らしい色で趣味よく統一されたダイニングルームを抜けて、テラスに出た。マデレインがハンターの二の腕をつかんで、誰かを追いだしてくれと言っている。ピンクに染まった水の入ったボウルと血のついたタオルがマデレインの右側のテーブルにあり、こぼれたウイスキーのにおいがした。テラスの外壁の近くでは、割れたガラスの破片が照明を反射している。

「マデレイン、大丈夫？」

さっと振り返ったマデレインの顔には恐怖が張りついていた。彼女はアレクサンドラに駆け寄り、腕をつかんだ。「アリー、こっちよ、早く」

どうして妹は切迫した声を出しているのだろう。いぶかしげに思い、テラスに目をやったアレクサンドラは瞬時に凍りついた。こちらに背を向けたディミトリ・ペトロニデスがテラスからハンターの書斎に入ろうとしている。

スライド式ドアのところでディミトリが振り返り、ハンターに向かって言った。「奥さんにショックを与えるつもりはなかったんだ」アレクサンドラが聞いたこともないような声だ。

ディミトリの視線が、アレクサンドラと、アレクサンドラの腕を必死に引っ張るマデレインに向けられた。

ディミトリのまなざしは、まるで何も見えていないかのようだった。「見送りはいらない」

そして彼は去っていった。

またしても。

ディミトリはアレクサンドラの前からふたたび歩き去った。振り返ることさえせずに。

自分の外見がずいぶん変わったのは事実だけれど、慰めにはならなかった。

「ごめんなさい、アリー。どうしてあの男がここに来たのか、見当もつかない。ねえ、大丈夫?」マデレインの声が意味をなさない騒音のように聞こえてくる。「ひっぱたいてやったわ」ようやく妹の声が言葉となって耳に届いた。

「何をしたって?」

「あの男をひっぱたいて、人でなしって叫んでやったの」

アレクサンドラの口元がほころんだ。「当然の仕打ちね」

「ええ」

「どうして彼だとわかったの?」

「あなたは死んだって言ったの、つまりザンドラ・フォーチュンのことだけど。そうしたら、原因は赤ん坊かってきくから、それでぴんときたのよ」

「ザンドラは死んだって、そう言ったの?」

「そうだ。でも嘘だったんだな。ザンドラ、きみは生きているじゃないか。妹ともども、歯の根が合わなくなるまで揺さぶってやろうか」怒りに満ちたディミトリの声に、アレクサンドラの神経が瞬時に高ぶった。

ショックのあまり、マデレインはアレクサンドラの手首を放し、ディミトリに向かって叫んだ。「出ていって!」

ディミトリは姉妹を見下ろすようにそびえ立っている。顔には血の気がなく、一瞬不安そうな表情が浮かんだ気がしたが、アレクサンドラが確信を持つ前に消えてしまった。

「僕はどこへも行くものか。立ち去るのはきみときみの夫のほうだ。僕とザンドラは、きみたちに関係ない話を二人きりでする必要がある」

妹に口をはさむすきを与えず、アレクサンドラはディミトリのほうに体を向け、彼を見据えた。「私の名前はアレクサンドラ・デュプリーよ。あなたと話すことはないわ」

ザンドラ・フォーチュン時代の仕事仲間に何人も出くわしたが、彼女だと気づく人はいなかった。髪を短くカットして、生まれつきの色に近いくすんだ茶色に染め直したし、緑色のコンタクトレンズもやめていた。妊娠六カ月の今の体は、ザンドラ・フォーチュンのほっそりと優美なシルエットには似ても似つかない。

ディミトリに対しても、強気でしらばっくれればなんとかなるはず。それに、アレクサンドラにはそうしなくてはならない理由があった。ずっと気になっていたのだ。ディミトリがなぜ、妻にアレクサンドラと赤ん坊のことを告げたのだろうかと。そして、たどりついた結論はひとつ。ディミトリは元愛人が身ごもったのが自分の子供だと気づいて、生まれてくる子を奪おうとしているに違いない。

ディミトリの青い目に危険な光が宿った。「ふざけるのはやめろ」

「ふざけてなんかいないわよ。信じられないのなら、身分証明書を見せましょうか。私は生まれたときからアレクサンドラ・デュプリーだもの」フランスのカトリック系女子寄宿学校に送りこまれた八歳のとき以来、使っていなかったニューオーリンズ訛(なまり)の英語でわざと答える。

「十分前、きみは死んだと思っていたんだぞ」

「ザンドラ・フォーチュンが死んだことに異論はないわ。でも私は死んでいないわよ。そして、私はアレクサンドラ・デュプリーよ」

ディミトリはうろたえた様子もない。「きみはアレクサンドラ・デュプリーだとしても、ザンドラ・フォーチュンでもある。なぜその事実を否定する？　きみを誰よりもよく知っている男に向かって」ふだんは完璧な英語を話すディミトリが、今はギリシア語訛になっている。

「誓って言うけど、あなたは私のことを全然知らないわ」それは事実だった。もしもディミトリがアレクサンドラを本当に理解していたなら、子供の父親が別の男だなどと、一瞬たりとも疑うはずがないのだから。

ディミトリの目に激しい怒りの炎が燃え、次の瞬間、アレクサンドラは彼に抱きあげられていた。その腕は鋼鉄のようにがっしりしている。

マデレインが叫んだ。「姉を下ろして！」

ハンターが前に進み出て、ディミトリの肩をつかんだ。

ディミトリはハンターをにらみつけた。こわばった彼の体は、原始時代の男を思わせる攻撃性を発している。「その手を離せ」

「彼女を無理やり僕の家から連れ去ることは許さない」

アレクサンドラは今起こっていることが信じられなかった。パーティ会場から妊娠した女性を誘拐しようとするなんて、つねにクールなディミトリ・ペトロニデスとは思えない。

ディミトリはアレクサンドラを見下ろした。青い目が同意を求めている。「きみの意思で行くと彼に言ってくれ」

アレクサンドラがディミトリをにらみ返す。「行かないわ」

ディミトリはますます体をこわばらせた。肩をつかむハンターの手に力がこもる。しかし、ディミトリは肩についた蜘蛛の巣を払うかのようにあっさり手を振りほどき、ハンターに向き直った。「彼女に害は加えない。恋人なんだから。僕の子供を身ごもっている彼女と話し合いの必要がある」

それっきり、ディミトリもハンターも沈黙したままにらみあった。アレクサンドラには数分間にも思えたが、実際はほんの数秒だったかもしれない。そして、二人の男性が視線で何か交わした気配があり、ハンターがうなずいた。

「話をするのはいいが、ここでしたまえ」

アレクサンドラはディミトリの腕のなかでもがいた。「話なんかないわ」

彼女を抱くディミトリの腕に力がこもった。「気をつけろ。落ちたら、赤ん坊に影響を及ぼす」

「私の赤ちゃんよ。あなたにとってどうだっていうの？」

ディミトリの表情がいっそう険悪になった。「大切に思っている」

その言葉はアレクサンドラを怯えさせた。彼は私から赤ん坊をとりあげようとしている。

「赤ちゃんは渡さないわ！」

ディミトリが首を横に振った。「話をするだけだ、ザンドラ。話しあわなければ」

アレクサンドラはもはやザンドラと別人だというふりはやめた。「自分の子供だと信じようともしなかったくせに！」

彼の顔に感情が表れた。「今は信じている」

「どうして信じるようになったの？」アレクサンドラは答えを迫った。

彼は、ウイスキーとアフターシェーブ・ローションと汗のまじったにおいがする。汗をかくほど動揺したのだろうか。髪の生え際が光っている。自分の子供が死んだと思って衝撃を受けたのだろう。ディミトリを気の毒に思う気持ちがわいてきたが、アレクサンドラは意志の力で押しこめた。赤ん坊の父親はよその男だろうと言った人だもの、当然の報いを受けたまでよ。

「医者に聞いた。妊娠したあと生理が来るのは珍しくないらしい」

「私の言葉は信じなかったのに、他人の言葉を信じたのね。よくわかったわ。あなたにとって私の価値はその程度なのよ」

「他人じゃない。親しい友人だ」

その医師がディミトリの友人だろうとなんだろうと、どう違うというの。「赤ちゃんは絶対に渡すものですか！」アレクサンドラは繰り返した。子供を奪われる可能性をつくった医師に、内心悪態をつきながら。

「今すぐ姉を下ろして出ていって。さもないと警察を呼ぶわよ」

叫んだマデレインに、ディミトリは強い意志のこもったまなざしを向けた。「好きにしてくれ」そしてハンターに向かって言う。「ザンドラと一緒でなければ、どこへも行かないからな」

ハンターはため息をついた。「ここで話をすればいい。ドアを閉めておけば声が聞こえないから、心おきなく話ができる」

アレクサンドラは身震いした。ディミトリと二人きりにはなりたくない。「どうしてもと言い張るのなら、人のいるところにして」

「話をする必要なんかないわよ」

またしても叫んだマデレインの肩をハンターが優しく抱いた。「アレクサンドラは彼の子供を身ごもっているんだ。話し合いが必要だよ」

怒りに目をきらめかせてマデレインはハンターに顔を向けた。「そんなの、傲慢(ごうまん)な男の勝手な言いぐさよ。私は認めるものですか。姉さんの気持ちをこの男がずたずたに切り裂くのを、手をこまねいて見ていろとでもいうの？　アリーがここへ来たとき、どんなにひどい状態だったか、忘れたわけじゃないでしょう？」

愛する妹マデレインの気づかいをありがたく思いながらも、アレクサンドラは、自分がどんなに傷ついていたかディミトリに知られたくなかった。それだけはプライドが許さない。「下ろして。キャサミールに行きましょう」それはアベニューBにあるフレンチレストランだった。

ディミトリとマデレインが同時に反対の声をあげた。アレクサンドラは先に妹を説得しようとした。

「マディ、けりをつけたいのよ」

マデレインの目に涙が光っている。「姉さんにこれ以上傷ついてほしくないの」

アレクサンドラは首を振った。「大丈夫。この人にはもう私を傷つけることはできないわ。私は彼を軽蔑(けいべつ)しているもの」

ディミトリがぴくりと動いたが、かまわずアレクサンドラは質問した。

「どうしてキャサミールじゃだめなの?」

「前回、公の場で話しあおうとして、うまくいかなかった。写真を見たか? フィービとの婚約発表の翌週、ヨーロッパ中の新聞に出た。〝ギリシアの富豪、妊娠中の愛人と口論〟おかげで祖父の容体が悪化して、心臓の緊急手術を受けた」

アレクサンドラは口から出かかったお見舞いの言葉をのみこんだ。この先、ディミトリに何ひとつさしだすつもりはない。

「ここで話したほうがいいよ、アリー。ゴシップを避けたいのはきみも同じだろう。きみとディミトリの写真がアメリカの新聞に載ったら、きみのお母さんがヒステリーの発作を起こすかもしれない」

マデレインは夫をにらみつけたが、同意するしかなかった。「ハンターの言うとおりよ。この卑劣な男と話をするのなら、ここでしたほうがいいわ。ゴシップ記者に会話を盗み聞きされたり、写真を撮られる心配はないもの」

アレクサンドラには、ディミトリの忍耐力が限界に近づいているのがひしひしと感じられた。こんな事態になってもなお、アレクサンドラにはディミトリの感情が読みとれるのだ。まるで自分の分身であるかのように。彼女はあわててその不快な事実を頭から追いやった。

「そうね。今でさえ、ママは私が死んだことにして、勘当しようとしているくらいだもの。ここで話しあったほうがよさそうだわ」

ディミトリにいくつか警告の言葉を残し、小型のガスヒーターのスイッチを入れてから、マデレインは夫と一緒に室内へ戻っていった。金属製のスライド式ドアが閉まる音がする。そして、二重扉のうち室内側の扉が閉まる音がした。次にブラインドが下ろされ、室内の様子が見えなくなった。アレクサンドラは閉じこめられたように感じた。

かつて愛した男性、そして今では信用すらしていない男性と二人きりで。

ディミトリは口を開かない。身じろぎもしない。立ったまま、アレクサンドラを、そして赤ん坊が育っていることを示す彼女のおなかのふくらみを見つめている。二人のあいだに緊張感が高まり、アレクサンドラは自分のわきに触れる、ディミトリの固い筋肉に覆われた胸の感触を意識した。

「下ろして」

ディミトリは忘我の境地から引き戻されたかのように、アレクサンドラと視線を合わせた。「目が金色だ。以前は緑だったのに」

「カラーコンタクトだったから」

「夜も？」

「照明が暗ければわからないわ」

「髪を切ったんだな」

「ええ」

「それに色も濃くなった」

アレクサンドラは肩をすくめた。髪を染め、モデルの仕事を始めた六年前以降、髪以外の部分の毛を目にしたのはディミトリしかいないのに、気づかなかったのだろうか。

「気に入った」

アレクサンドラは腹が立った。今のディミトリには私を気に入る権利などない。ほかの女性の夫なのだから。「関係ないわ」

ディミトリは顔をしかめ、唇を引き結んだ。アレクサンドラは決して気圧されまいと意を決した。怒っているときの表情だ。

「魅惑的な話だけど、もっと重要な話があるのかと思ったわ」

ディミトリがうなずく。アレクサンドラを籐の肘掛け椅子に座らせてから、ガラステーブルをはさんで反対側の肘掛け椅子に腰かけた。割れたウイスキーグラスの破片や救急箱からは遠く、ガスヒーターには近い場所だ。

しかし、ヒーターの熱よりも、先ほどまで自分を包んでいたディミトリの体温を失ったことで、アレクサンドラは寒さを感じていた。晩秋のそよ風が顎までの長さの髪を揺らしただけで、アレクサンドラは身震いした。

「寒そうだな。なかで話そう」

人に聞かれるところで？「いいえ。大丈夫。風が吹いたからよ」

ディミトリはスーツの上着を脱いで、すばやく彼女の肩にかけた。アレクサンドラが振り落とそうとしたが、ディミトリは上から押さえつけた。「意地を張らないでくれ」

彼に触れられると、必死に獲得した精神的な距離がなくなってしまいそうだ。ディミトリに離れてもらうために、アレクサンドラは黙ってうなずいた。だが、上着から伝わる彼のにおいとぬくもりが、彼に抱きしめられている錯覚を起こさせる。だめ、今はそんなことを感じている場合ではない。さっさと話し合いを終わらせなくては。

アレクサンドラはゆったりしたケーブル編みセーターの上からおなかをさすり、自分に言い聞かせた。赤ん坊の親権は九対一で母親に有利だ。法的に見ても赤ん坊は私のものよ。

「話し合いが必要って、なんのこと?」彼女は攻撃に出た。

ディミトリは暗く陰った目でまっすぐに彼女をとらえた。「僕の子供が欲しい」

4

ディミトリは私から赤ん坊を奪おうとしている。

パリのアパートメントに電話したときから、そうではないかと思っていたけれど、実際にディミトリの口からはっきり聞いて、アレクサンドラは衝撃を受けた。

彼女は自分のおなかを守るように手を当てた。そうすれば、ディミトリから守れるとでもいうように。「私のぼうやは渡さないわ」

「ぼうや？　男の子なのか？」

嘘をつくべきだろうか？　女の子だったら、ディミトリは興味を示さないの？　いいえ、子供に対する彼の執着心がそんなものでないことは、険しい表情が物語っている。

「そうよ」

「なぜわかる？」

「五カ月のときに超音波撮影をしたもの」

それでわかった、という顔つきになった。「だからパリのアパートメントに電話したんだな」

アレクサンドラは答えなかった。

ディミトリはイタリア製スーツに覆われた腿に拳を押しつけた。「子供が男の子だと教えるために電話したんだな」彼は驚いたようだ。

無理もない。ディミトリはアレクサンドラを尻軽女扱いし、ほかの女性と結婚するためにアレクサンドラを捨て、アパートメントから追いだした。そんな人にわざわざ電話をかけてまでして、子供の性別を教えようとしたなんて、われながらなんて感傷的だったのかと思えてくる。

ディミトリの顔に悲しげな表情が浮かんだ。「そしてきみはフィービと話をした。だが、居場所は教えなかった」

「私を責めるの？」

「当然だ。フィービは居場所を教えてくれと頼んだのに、きみは答えなかった。僕はこの数カ月、きみを捜して無駄な時を過ごした。トップクラスの探偵事務所五社とも契約したのに、連中の言うことはみな同じだ。ザンドラ・フォーチュンはいなくなった、と」

「そのとおりよ」

「だけど、きみはここにいる」

「いいえ、ここにいるのはアレクサンドラ・デュプリーよ。ザンドラ・フォーチュンはもういなくなったの」そして、ザンドラとして愛した男性との関係も。

「きみは天涯孤独の身だと言ったじゃないか」

「私が言ったんじゃないわ。私の身上調査をさせるために、あなたが興信所から聞いたんでしょう?」

「きみは完全に別の人格になっていた」

「そうよ」

「僕にずっと嘘をついていたわけだ」

「嘘はついていないわよ」

「ザンドラと呼ばせたじゃないか」

「芸名だと思えば不思議じゃないでしょう」

「名前だけではない。ニューヨークにアパートメントを持っていることも隠していた。あのマデレインという女性はきみの妹か?」

「ええ。ハンターはマデレインの夫よ」

ディミトリはばかにしたように眉を上げた。「それはわかった」

殴りつけたい衝動をこらえるために、アレクサンドラはきつく拳を握りしめた。

「やめてくれ。きみの妹にひっぱたかれただけで充分だ」ディミトリは絆創膏(ばんそうこう)を貼(は)った手を上げてみせた。「さらなる傷は願いさげだ」

「それはお気の毒に」あざけるような言い方をした。

「調子に乗るな。僕の忍耐にも限度がある」

妊娠したことを告げた日にディミトリから見せられた敵意と怒りを思い出し、アレクサンドラは身震いした。「以前はあなたのことを、決してとり乱したりしないクールで洗練されたギリシア人かと思っていたけど」

「金持ち、というのも忘れるな」

「あなたのお金なんか、気にしたこともないわ」

「もしも僕を子供から引き離すつもりなら、きみが闘う相手は金だ」

アレクサンドラは、わきあがってくる恐怖心をなんとか抑えた。「脅しても無駄よ。ここはギリシアじゃないんだから。いくらあなたが金持ちでも、赤ん坊を私からとりあげることはできないわ。アメリカ合衆国の家族法は母親の権利を優先しているのよ」

「かもしれないが、法廷で僕と争う経済力はあるのか？　一流の弁護士を雇うのは高くつくぞ」

ディミトリが描いてみせた未来像はぞっとしないものだった。「子供を失わないためなら、なんだってするわ」

「なんでも？」

「そうよ！」

「だったら、赤ん坊と一緒に僕の家に来るんだ」

アレクサンドラは思わず立ちあがった。「いい加減にして！　あんな仕打ちを受けておきながら、私があなたについていくと、本気で思っているの？」

胃がきりきりと痛む。ディミトリは、フィービと幸せな家庭生活を営みながら、一方でアレクサンドラと息子を囲おうなどと都合のいいことを考えている。そのとき、もっとおぞましい考えが浮かんだ。

「私はあなたの愛人になんかならないわ」アレクサンドラはこれ以上ないほどの毒をこめて言った。

ディミトリも勢いよく立ちあがった。「愛人になれとは言ってない」

「そう。どっちみち、私はならないわ。絶対に。時代遅れの野蛮な男とセックスしたらどんな目にあうか、身をもって体験したもの。今度私がセックスするのは、結婚指輪と愛の誓いをくれる男性よ！」

「その男は誰だ？」ディミトリが険しい声で問いつめる。

「これから見つけるわ。あなたに似ても似つかない人なのはたしかね！」

「そうか」言うなりディミトリはアレクサンドラがはおった自分の上着の襟をつかみ、乱暴に彼女を引き寄せた。「その架空の男は僕に似ているはずだ。なぜなら、僕がその男になるから。僕の子供の母親をほかの男に触れさせるものか」

その言葉が彼女の唇をかすめた、と思ったときには、欲望の引力が生まれていた。アレクサンドラが意識の奥底に押しやりながらもひっそりと持ちつづけてきた欲望が、ディミトリと唇を重ねた瞬間、流れ出てきたのだろうか。

彼女はすぐに降服した。快楽に押し流される自分の弱さに、自己嫌悪をおぼえる暇もないほどに。ディミトリの唇が彼女の唇を情熱的に侵略し、アレクサンドラは親密な接触に飢えきっていたかのように夢中で応えた。

彼の首に両腕をまわし、体が密着するように伸びあがる。そして自ら本気で誘いかけるように唇を開いた。すかさず、ディミトリがキスを深めた。両手で彼女の背中を愛撫しながら抱き寄せ、自分の体の熱さと欲望を伝える。彼のあからさまな欲望のしるしに、アレクサンドラはわれに返った。すばやく力いっぱい彼を押しやった拍子に、力あまって床に倒れた。

ディミトリが即座にひざまずき、アレクサンドラの顔をのぞきこんだ。「ばかだな！　怪我をしたらどうするんだ。息子を殺す気か？　大丈夫か？」状態を確かめるかのように、すばやく両手を彼女の全身に這わせた。

アレクサンドラは彼の手を払いのけた。「やめて。平気だから」本当はお尻が痛かったが、教える気はない。「胎児は柔軟性があるのよ。このくらい、なんでもないわ」ああ、神さま、今言ったことが本当でありますように。

「僕らの子供を危険な目にあわせておいて、平気なのか？　ほかにどんな危険な目にあわせた？」

もしも今ここに拳銃があったら、アレクサンドラはディミトリを……少なくとも、ディミトリの方向に撃っていただろう。「キスしかけてきたのはあなたよ。私にどうしろっていうの？　我慢してキスさせろとでも？」

彼はプライドを傷つけられたようだ。「僕のキスは一方的だったわけではない」

アレクサンドラはそれには反論しなかった。「結婚している男性は、妻以外の女性にキスすべきじゃないわ」

ディミトリが肩をすくめる。「同感だ。それが何か問題でも？」

この人はいったい何を考えているの？　問題があるに決まっているでしょう。ディミトリはフィービと結婚しているのに、たった今、私に熱烈なキスをしたのだ。「頭がおかしくなったのは私なの？　それともあなた？」

ディミトリは苦虫を噛みつぶしたような表情になった。「探偵から最初の報告を聞いて以来、僕は頭がおかしくなってしまった。きみの居場所の手がかりは何ひとつつかめない、世界最大の都市で完全に姿をくらました、と言われたんだ」

ディミトリは自分の上着をもう一度アレクサンドラの華奢な肩に着せかけ、彼女を抱きあげた。近い将来、自分が父親になると知ったら、男性は誰しもこんなにすなおになってしまうものなのかしら？　ディミトリと一緒に暮らしていた一年間で、こんなふうに抱きかかえられたのは、アレクサンドラがシャンパンを飲みすぎて帰りの車中で眠ってしまったときだけだった。

ところが今夜のディミトリは、アレクサンドラが自分の持ち物であるかのように抱きあげている。すでに二度も。

「お願いだから下ろして、ディミトリ」今のアレクサンドラは、これを命令ではなく要求の形で口にするには、あまりにも無防備に感じていた。

いずれにしても、ディミトリは聞こうとしなかったが。「だめだ。今のきみは不安定すぎる」

アレクサンドラはいらだちを感じながら目を閉じた。「大丈夫よ、あなたが何かしないかぎり」

「約束できない」

「お気の毒なフィービ。夫が浮気者だと知っているのかしら？」

「フィービの結婚相手は立派な男だ」

「あなたが？　笑わせないで」誠実な男性は、愛人を妊娠させた直後にほかの女性と結婚などしないものだ。

ディミトリはアレクサンドラを膝にのせたまま、椅子に座った。青い目でじっとアレクサンドラを見つめる。「僕がフィービと結婚したと思っているのか？　だから僕が誠実でないと？」ディミトリの声には怒りがこもっていた。

「結婚していないと言うつもり？」

「そうだ」

アレクサンドラは目を閉じた。よもや、ディミトリが嘘をつくとは思っていなかったのだ。ふたたび目を開け、彼を見据える。「私はフィービから聞いたのよ、あなたの妻だって。くだらない嘘はやめて」

「僕の妻とは言わなかったはずだ」ディミトリの声は確信に満ちている。

アレクサンドラは、あの悪夢のような電話を思い起こそうとした。「ミスター・ペトロニデスをお願いしますと言ったら、夫は出かけていますと言われたのよ」

「そう、僕の弟と結婚したんだから」

「なんですって？」

「フィービはきみに、彼女が結婚したのは僕の弟だと言っただろう」

「そんなこと言わなかったわ！」言ったかもしれない。受話器から耳を離して、通話を切るまでのあいだ、フィービが何かしらしゃべっていたのをアレクサンドラは思い出した。

彼女は視線をそらそうとしたが、ディミトリに鋭いまなざしで射すくめられた。

「フィービは言ったはずだ」

「でも……」

「それに、彼女はきみの居場所を教えてくれと懇願した」

それは覚えている。「あなたの奥さんと親しく話しあう気はなかったから」

「フィービは僕の妻じゃない」

「証明して」

思いがけない要求にディミトリは動揺し、アレクサンドラを押さえていた腕の力をついゆるめた。そのすきに、アレクサンドラは彼の膝から立ちあがった。今度はかなり慎重に。

「あなたはフィービと結婚していないと言うけど、私はあなたをもう信用していないのよ。信じてほしいのなら、証拠を見せて」

ディミトリはふたたび立ちあがった。怒りに燃える雄の獣のオーラを全身から発しながら。「僕の言葉を信用できないというのか！」

「できるわけないでしょう」

アレクサンドラのそっけない言い方が、ディミトリをさらに動揺させた。「だったら、証明書をとり寄せよう」

「けっこうよ。じゃあ、今日はもう帰って」

「二度ときみを手放すつもりはない」

「どうするの？　部屋の前の廊下にキャンプでも張る？」

「廊下で生活する趣味はない。きみが僕のホテルに来ればいい」
「いやよ。あなたと同じホテルになんか泊まるものですか」
「スイートだ。寝室は二つある。もっとも、過去には寝室がひとつでいい時代もあったわけだが」

こんなときに、私とベッドをともにしたことを持ちだすなんて、無神経にもほどがある。アレクサンドラはディミトリをにらみつけた。「お断りよ。行かないわ」
「じゃあ、僕がここに泊まるしかない。広いアパートメントだ、客用の寝室くらいあるだろう」
「だめよ。マデレインが発作を起こすわ。あなたを憎んでいるんだから」

ディミトリが肩をすくめた。「発作といえば、ハンターが言っていたな。きみのスキャンダルが新聞に出たら、母親が発作を起こすだろうと」

アレクサンドラは目をむいた。「そうよ」六年間、彼女が別の人格として暮らしたのは、母の虚栄心を傷つけないためだった。〝デュプリー家の女性は職業など持つものではない〟と信じる母の。

現実には、今を生きるデュプリー家の女性が路頭に迷わないためには、家柄の伝統を忘れて、誰かひとりは仕事をして生活費を稼がなくてはならなかったのだが。学生時代の友人のいとこからモデルの仕事をしないかという話があり、アレクサンドラは偽名で仕事をすることを条件に契約を交わした。フランス人孤児、ザンドラ・フォーチュンの人格を考えたのは、その彼だった。

ディミトリが言葉を続けた。「娘の元恋人で、赤ん坊の父親の億万長者が、彼女に捨てられた傷心を明かすインタビューが記事になったら、きみのお母さんはさぞとり乱すだろう」

卑劣な脅しだ。しかも事実ですらない。怒りのあまり、アレクサンドラは失神すべきか激高すべきかもわからなかった。「私があなたを捨てたんじゃないわ。あなたが私を捨てたのよ。フィービという名前の、ギリシアの乙女と結婚するために。まさか、もう忘れたとでも?」

「僕はフィービと結婚していない」

「証拠を見るまでは信用できないって言ったでしょう」

「それじゃ、今夜ここに泊めてくれるよう妹さんに言ってくれ。僕はきみの姿が見えない場所に行く気はない」

「断ったら、デュプリー家がゴシップ紙の記事になるということ?」

ディミトリは平然としている。「そうだ」

「あなたを軽蔑(けいべつ)するわ」

「憎むんじゃなくて?」

「ええ。あなたをもう愛してはいないけど、憎みはしないわ。あなたを憎めば、あなたの血を引く息子の一部を憎むことになってしまうもの。母親が憎む男の血を引いているなんて、息子に思わせたくないから」そう、息子のためにも過去の憎しみを引きずった母親ではいられない。

ディミトリの顔になんとも名状しがたい表情が浮かんだ。「それは見上げた心がけだ。さて、妹さんに泊めてもらう件を頼みに行こうか」

結局、アレクサンドラはホテルについていくしかなかった。彼を憎しみぬいているマデレインに、ひと晩泊めてくれと頼むなんて無理だし、自分のせいで妹夫婦がディミトリとこれ以上敵対関係になるのも避けたかった。ディミトリがけた違いの富と権力を持っているだけに。

自分が彼のホテルに行くのがいいだろう。大丈夫。さっきのキスは単なる肉体的な反応だ。もう二度とあんなことは起こらない。

二人がすべきなのは、アレクサンドラの息子の人生にディミトリがどうかかわるか、話しあって決めることだけだ。

ディミトリと一緒にホテルの部屋で朝食をとることなど、もう二度とないと思っていたのに、二人は今向かいあって座っていた。ルームサービス係が運んできた皿の上のスクランブルエッグと果物をフォークでつつくアレクサンドラを、ディミトリがじっと見つめている。

彼の目に自分が醜い女に見えているのはわかっていた。壁一枚を隔てた向こう側でディミトリが眠っているかと思うと、昨夜アレクサンドラはあまり眠れなかった。そのせいで目元は腫れぼったく、顔色は妊娠の影響でくすんでいる。つわりはたいてい三カ月か四カ月で終わるものだが、アレクサンドラは今でも毎朝、不快な気分に襲われて目を覚ます。

唯一の慰めは、ディミトリも調子が悪そうなことだった。昨夜はとり乱していたので気づかなかったが、いくぶん痩せたし、目尻のしわも増えたようだ。ふだんは不死身に見えるディミトリも、祖父の病気とわが子の母親の捜索で消耗したのだろう。

「つつきまわしてないで、食べるんだ」

アレクサンドラは顔を上げた。「指図しないで」

テーブルの向かい側で椅子にゆったりともたれたディミトリがほほ笑んだ。「誰かが言うしかないだろう。妊娠した女性は光り輝くものだと言われているのに、きみは長引いた風邪がやっと治ったような様子じゃないか」

愚かだとわかっていても、アレクサンドラは涙がこみあげるのを止められなかった。今の自分が、ディミトリが手間をかけて口説いた美しいモデルでないことはわかっている。だからといって、わざわざ口に出す必要があるだろうか。アレクサンドラは歯を食いしばり、涙を追いやろうとした。

妊娠してから精神的に弱くなってしまった自分に腹が立つ。「モデルをやめて正解だったと思っているのね?」

ディミトリはテーブル越しに手をさしのべ、彼女に手を引っこめるすきも与えず、すばやくその手をとった。「美しくないと言ったわけじゃない。具合が悪そうだと言ったまでだ」

アレクサンドラはディミトリの手を振りほどいた。彼のぬくもりが自分の肌を焦がす気がする。「妊娠のせいよ」そう、ディミトリとは違う。多少は消耗していても、彼は信じられないくらいセクシーで健康なのだから。

「ああ。だけど、あまり順調ではないようだ」

「私が産みたくないと思っていると言いたいの?」

いらだたしげなため息がもれた。「いや、体がきついのに六カ月を迎えたということは、僕の子供を産みたがっている証拠だ」

「私が欲しいのはあなたの子供じゃないわ。この赤ちゃんよ」

ディミトリは意地の悪い笑みを浮かべた。「同じことだ」

彼に同意したくない。けれど、自分の本心を否定するのもいやだ。アレクサンドラは黙ったままメロンをひと切れ口に運んだ。甘くさわやかな果汁が口のなかに広がる。「この子は自分で育てるわ。わかった?」

ディミトリの口元がゆがんだ。「そうするな、と僕が言ったか?」

「私の子供が欲しいと言ったじゃない」

「母親はいらないから、子供だけ欲しがっていると思ったのか?」ディミトリは両手を上げた。ひどくいらだっているときの癖だ。「どうなんだ?」

どうとでも好きに解釈すれば。アレクサンドラは肩をすくめた。

「僕に対するきみの評価はそこまで低いのか」ディミトリの顔がこわばった。「フィービとスピロスの結婚を証明する書類が一時間以内に届く」

アレクサンドラは何も言わなかった。この目で見るまで信じられない。

「書類が来るまでは何を言っても無駄なようだな」

「あなたとは何も話しあいたくないわ」無駄な台詞だとわかっていながら、アレクサンドラは言った。子供の父親はディミトリなのだから、話し合いは避けられない。私が子供を手放すという選択肢は絶対にないけれど。

「とにかく、食べろ」

アレクサンドラはスクランブルエッグをひと口のみこんだ。ふわふわして温かいはずなのに、おがくずのような味がする。自分は感情が安定していると、ディミトリに出会うまでは信じていたのに。

「もうモデルの仕事はしていないと言ったな」

この話題がどう展開するのか不安に思いつつ、アレクサンドラはうなずいた。必要以上に情報をもらしたくない。

「なんの仕事をしているんだ？」

「ハンターのお情けにすがっていると言ったら？」自分の子供を身ごもっている女性が、ほかの男に養われているとしたら、ディミトリには我慢ならないだろう。

思ったとおり、彼は眉をひそめた。「本当か？」

「一緒に住んでいるわ」アレクサンドラはつけ加えた。

ディミトリはアレクサンドラが続けるのを待った。彼女は黙ったままだ。ややあって、ディミトリはため息をついた。「僕は優秀な探偵事務所五社と契約している。きみが使っている名前がわかった以上、電話一本で本当のことがわかる」

「派遣会社に所属して、通訳と翻訳の仕事をしているのよ」

青い目がいぶかしげになった。「見知らぬ他人のために仕事をしているのか？」コールガールか何かをしているような言い方だ。

「モデルの仕事と大して変わらないわ」

「だが、カメラマンやほかのモデルは初対面の赤の他人じゃなかっただろう」

アレクサンドラは皿を押しやり、ハーブティーを飲んだ。「それがなんなの？」

「きみは妊娠していて、調子が悪そうだ。仕事をするべきじゃない」

「生活費を稼がなければいけないんだから、仕方ないでしょう。妹のお荷物になるわけにはいかないもの」私がハンターに養われるのが我慢ならないのなら、ディミトリは私にどうやって生活しろというつもりなの？

「なぜ実家に帰らなかった？」

祖父の愛情を受けて育った典型的なギリシア人の男性には、私と母の入り組んだ関係は決して理解できないだろう。「歓迎されていないからよ」

「そんなわけがない。きみのお母さんからしてみれば孫に当たる赤ん坊を妊娠しているんだぞ。そういうときこそ、娘の体をいたわるはずだ」

「母は私がニューオーリンズに戻ることも、ましてや実家に戻ることも許してくれないわ。私が嘘の夫をでっちあげないかぎりはね。あるいは夫に先立たれたとか、夫は外国に住んでいるとか。ひどい話よ。でも母はそういう人だから」

「嘘の夫をでっちあげていないんだな？」

「ええ」嘘の人生を続けるよりは、母親に認められないほうがましだ。

「だったら、お母さんは安心されるだろう。赤ん坊の本物の父親で、生きている男がきみの夫になるんだから」

5

「冗談にしても、あまり面白くないわね」

ディミトリはまっすぐにアレクサンドラを見据えた。「僕は本気だ、かわいい人(ペティ・ムー)」

「やめて。愛してもいない相手にそんな呼びかけは。単なる侮辱だわ」

ディミトリが朝食の皿を勢いよく押しやった。彼らしくない行動だ。「僕のプロポーズは冗談で、愛をこめた呼びかけは侮辱か。きみに気に入られるには、どうすればいいんだ?」

「ほうっておいて」

「それだけはだめだ」

アレクサンドラはメロンをもうひと切れ、無理やり口に入れた。もう味は何も感じない。

「そうだと思ったわ」

「わかっているなら、なぜ言った?」

「希望的観測?」

「ふざけるな。まじめに話しあっているんだぞ」

「なんについて？　あなたの重婚計画？」

ディミトリがテーブルに拳を打ちつけた。皿やカップが音をたてて揺れる。「僕は結婚していないと言っただろう」

アレクサンドラはディミトリに用心深い視線をそそいだ。ほとんど、彼の言葉を信じる気になっていた。たぶん、心の奥底では彼を信じているのだろう。それでも、自分のなかの小悪魔が、ディミトリに証拠を出させたがっている。ふつうなら信じてもらえる言葉を疑われるのがどんな気がするものか、彼に経験させたかったのだ。

「証拠書類が一時間以内に届くんだったわね」

「そのとおり」ディミトリが食いしばった歯のあいだから声をもらした。

彼をいたぶるのは、そろそろやめたほうがよさそうだ。「仮にあなたの言葉を信じるとして、どうして弟さんがあなたの婚約者と結婚するわけ？」

「ゆうべも言ったように、きみと僕の関係が家族に大きなショックを与えたんだ」ディミトリの表情が陰った。「写真だけではない。僕らの一年間の関係も、こと細かに記事になり、弟を驚愕させた。これではフィービの名誉にも、ペトロニデス家の名誉にもかかわる、と」

「だから弟さんがフィービと結婚したというの？　予定どおり、あなたがフィービと結婚しても同じじゃないの？」

「いいや。僕は、下半身丸出しで公衆の面前に出たようなものだからな。そんな相手ではフィービが気の毒だ」

アレクサンドラは思わずほほ笑みそうになった。ディミトリ・ペトロニデスのそんな姿はぜひとも見てみたいものだ。「弟さんが自分の婚約者と結婚することに、あなたが同意したとは思えないわ」

「弟はフィービを説得して駆け落ちした。そして結果的には、フィービの名誉も家の名誉も守られ、僕はきみと結婚することができるわけだ」

ディミトリは彼女が喜んだ反応を示すのを今か今かと待ち受けているように見える。冗談じゃない。アレクサンドラは、彼の膝にコーヒーをぶちまけてやりたい気分だった。

「それはすてき。処女の婚約者が逃げてくれたから、身重の愛人と結婚できることになったなんて。ありがとう。でも遠慮するわ」

「僕らの息子から、ギリシア人の父親とその跡継ぎになる権利を奪うつもりか？　それで息子が喜ぶと思うのか？」

「あなたの跡継ぎにしないとは言ってないわ。あなたに会わせないとも言ってない。私があなたと結婚しない、と言っているだけよ」

「大西洋を隔てて暮らしながら、どうやって子供の父親をやれというんだ！」

「さあね」アレクサンドラは疲れた様子で立ちあがった。二時間後、マンハッタンの反対側で通訳の仕事が入っている。「今ここで全部の答えを出せないのは我慢してもらうしかないわ。五カ月前、あなたは私のおなかの子を否定して、私を捨てたのよ。子育てにどうかかわってもらおうかなんて、考えているわけがないでしょう」

ディミトリも立ちあがった。「どこへ行く?」

「二時間後に仕事があるの。支度しないと」

「僕の目の届かないところへは行かせないと言ったはずだ」

「それなら一緒に来たら。とにかく、私は仕事があるのよ」

アレクサンドラは、軽いいやみのつもりで言った言葉を後悔した。ディミトリが本当についてくると言い張ったのだ。そのうえ、ディミトリはタクシーを使うことを却下し、自分の車を呼んだ。運転手と二人の護衛までついている。

しかも、ディミトリはおとなしく車で待っていてはくれなかった。エンパイア・ステート・ビルでガイドが早口に説明する内容を、アレクサンドラがフランス人観光客のグループに通訳しているあいだ、ディミトリと二人の護衛は観光客の列の最後についていた。

客観的には滑稽な状況だったかもしれないが、アレクサンドラは疲れているうえにストレスを感じていた。ホテルに戻るためディミトリの車に乗りこんだ時点では、タクシー待ちをしなくてすむのがありがたく思えるほどだった。マンハッタンの街をいろどる華やかなクリスマス・デコレーションをリムジンの窓から眺める元気さえない。元気がなさそうだからと、ディミトリはマンハッタンでも有数の高級イタリアンレストランで昼食をとろうと主張した。

アレクサンドラはホテルのスイートの寝室から居間に入っていった。ファックス機の前に立ったディミトリが振り返った。手には数枚の紙を持っている。昼食をとってホテルに戻ると、アレクサンドラは昼寝という簡単な手段でディミトリを避けた。不思議と久しぶりにぐっすり眠ることができた。

ディミトリは数枚の紙をアレクサンドラの目の前で振った。「証拠だ」

「証拠?」まだ少し寝ぼけていたアレクサンドラは、なんの話かぴんとこないまま、いちばん上の書類に目をやった。「ああ」

彼女は手を伸ばし、ディミトリから書類を受けとった。一枚目は結婚証明書だった。ギリシア語で書かれている。今ではアレクサンドラもかなりギリシア語がわかるようになっていた。名前を読みとるくらい簡単だ。男性の欄にあるのはスピロス・ペトロニデス。ディミトリではない。

二枚目はスピロスとフィービが結婚式の衣装を身につけた写真で、フィービは少し疲れて見えた。スピロスは傲慢(ごうまん)とも思えるほど満足そうな表情をしている。なるほど、ペトロニデス家の男性らしい。

三枚目はスピロスからの手紙だった。ディミトリの話が本当だと説明されている。これは英語で書かれていた。

アレクサンドラは大きく息を吸い、自分がどんなにほっとしたか自覚した。生まれてくる子供にとっては、最初から継母(ままはは)が身近にいるなどという複雑な環境でないほうがいい。だから、子供のことを思って自分が安堵(あんど)するのは当然だ。そう言い聞かせようとしながらも、本当は違うとわかっていた。

「どうしてフィービは私たちのアパートメントにいたの?」ディミトリの表情を見るまで、アレクサンドラは自分の間違いに気づかなかった。「違ったわ。あなたのアパートメントよね。私は追いだされたんだから」

ゆるみかけていたディミトリの表情がすぐに険しくなった。「祖父が一回目の心臓発作を起こしたあと、アテネの事務所は僕が全面的に見なくてはならなくなった。パリの事務所はスピロスにまかせたので、二人はパリに引っ越した。それで、あのアパートメントを結婚祝いとして贈ったんだ」

「良心の呵責(かしゃく)をつぐなうため? フィービをスキャンダルにさらしたお詫(わ)びに、愛人を追いだしたアパートメントを彼女に進呈したってわけ?」

言わなければよかったと思った。ディミトリが怒りに目をきらめかせて近づいてくる。

アレクサンドラはあとずさったが、居間と寝室を隔てる壁にぶつかってしまった。

「冗談よ」声が弱々しい。

「これは冗談じゃない」

ディミトリの唇が重なると、アレクサンドラはこれが自分を罰するための行為であることを忘れた。ディミトリに抱きしめられ、彼の舌を味わい、彼のにおいと、体温、欲望に囲まれる至福に浸る。

アレクサンドラはディミトリの上着とシャツのあいだに手を忍ばせ、たくましい感触を楽しんだ。ディミトリが身震いし、アレクサンドラは力強いギリシア人男性が反応していることに深い喜びをおぼえた。ディミトリが彼女をさらにきつく抱きしめ、お互いの体が密着するようにする。でも、まだ物足りない。

アレクサンドラは彼のシャツのボタンをはずしはじめた。ディミトリは彼女のセーターをたくしあげ、ふくらんだおなかを露出させた。そして優しく手で愛撫(あいぶ)する。そのとき赤ん坊が動いた。ディミトリはキスを中断し、彼女のおなかに触れていた自分の手を、畏敬(いけい)の念のこもった目で見つめた。赤ん坊がてのひらのまんなかを蹴(け)った。

ディミトリは目を閉じ、息を止めた。静かにゆっくり息を吐きながら彼女と目を合わせる。「僕の息子だ」

「ええ」アレクサンドラはささやいた。そんな痛切な言葉を否定するわけにはいかない。

ディミトリの青い目は歓喜に輝いている。そして、ふたたびアレクサンドラにキスをした。あまりにも優しいキスに、アレクサンドラは涙があふれるのをこらえられなかった。ディミトリは彼女の唇を優しくついばみながら、両手で彼女の新しい体の曲線を確認している。

所有欲あふれるしぐさと優しいキスが、アレクサンドラの抵抗を封じた。

彼女がディミトリのボタンをはずし、胸の頂の男らしく固い感触を楽しんでいるとき、甲高い電話のベルが鳴りひびいた。とたんにアレクサンドラは現実に引き戻され、愕然とした。いったい私は何をしているの？

アレクサンドラは唇を離した。「電話よ」

ディミトリの瞳に欲望が見てとれる。肌は、二人が愛を交わすときに見慣れた、血の気のさした色だ。ディミトリがふたたび唇をとらえようとしたが、アレクサンドラは顔をそむけた。

「電話よ」もう一度繰り返す。電話の音に神経をかきむしられる。

ディミトリはアレクサンドラのパンツをそっとウエストまで戻してから、キャラメル色のセーターの裾を直した。「続きはあとで」彼は念を押し、受話器をとりあげた。

アレクサンドラは部屋の反対側に移動した。ディミトリとできるだけ距離をおきたかった。彼に惹かれることなど二度とないと、彼への気持ちはとっくに死んだと、あれほど確信していたのに。ディミトリへの愛がなくなったのは本当かもしれないけれど、彼の体を欲しているのは、まぎれもない事実だ。この胸の鼓動がそれを証明している。

「はい、おじいさま」ディミトリはそこで言葉を切り、相手の話に耳を傾けた。「覚えています」アレクサンドラに値踏みするような視線を投げる。「その件は解決ずみです」

アレクサンドラは、なぜか〝その件〟が自分のことではないかと思った。

ディミトリはさらに二言、三言、ギリシア語で答え、祖父の体調を尋ねてから、別れの挨拶(あいさつ)をして電話を切った。ディミトリが振り返ったとき、アレクサンドラは震えを抑えられなかった。彼の目はまるで獲物を見据える獣のように光っている。

彼が一歩も動いていないにもかかわらず、アレクサンドラは一歩あとずさった。「今のは間違いよ」

ディミトリは〝今の〟が何かはきかず、ただほほ笑んだ。「そんなことはないさ。僕には間違いだと思えなかったよ、かわいい人(ペティ・ムー)」

「あなたとはもうベッドをともにする気はないわ」

「本気かい?」その声には物憂げな響きがあった。

「そうよ!」

「答えはすぐにわかる」

「ルームサービスをお願い。またおなかがすいてきたわ」アレクサンドラの食欲は、ここ数日でようやく回復してきていた。

「いや、もっといい考えがある」

「何？」

「外で食べよう」

「でも……」ディミトリと公の場に出るのは、マスコミの目にさらされる危険と隣り合わせなのを覚悟しなければならない。

ディミトリが官能的な表情で言った。「もちろん、きみがそうしたいなら、ここで二人で過ごしてもいいが」

「上着をとってくるわ」ディミトリと一緒にいるところをマスコミにつかまる可能性と、欲望のスイッチが入っているディミトリと二人きりでホテルで過ごすのと、どちらがより危険か、わからない女性はいないだろう。

二人のディナーは、テーブルの上に灯(とも)されたろうそくの明かりも手伝って、親密な雰囲気にあふれていた。ディミトリが選んだのは、著名人がよく行く有名なしゃれたレストランで、アレクサンドラはまたしても驚かされた。薄暗い照明のもとでもディミトリは目立つらしく、あちこちから二人を盗み見る人がいる。

アレクサンドラは目の前の料理に集中し、落ち着かない状況を頭から追いやろうとした。

ふだんならとても食べきれない量をディミトリが注文したにもかかわらず、ほとんど残さず食べた。そういえば、昼食でも同じだった。元恋人との攻防戦が、アレクサンドラの食欲を増進させているようだ。

「ザンドラ――」

「私の名前はアレクサンドラよ」彼女はきっぱりと訂正した。「ザンドラ・フォーチュンはもう存在しないわ」

ディミトリの表情に何かが浮かんだが、照明が暗いせいか、それが苦痛なのかいらだちなのかわからなかった。「子供が生まれたあとも、モデルの仕事に復帰するつもりはなかったのか？」

ディミトリはあえて過去形で質問してきた。まるで、アレクサンドラの気が変わったのだろうと言わんばかりに。

「ええ」

入り組んだパズルを解こうとするように、ディミトリがじっと見つめている。「なぜだ？」

「理由はいろいろあるわ」

「秘密主義だな」ディミトリが浮かべたほほ笑みは、過去に何度もアレクサンドラの脈を速めさせた魅力的なものだった。「たくさんあるうちの少しだけでも教えてくれ」

アレクサンドラは内心、肩をすくめた。別に教えてもいいだろう。少なくともこの話題のほうが、子供の養育権の話や、ディミトリが子供の父親だと認めた以上、私が結婚したがるだろう、などという失礼な話よりはましだ。

「モデルみたいな忙しい仕事をしながらでは、私が望むように子供と一緒に過ごせないし、アレクサンドラとザンドラの使い分けも難しくなるわ。私ひとりでも大変だったのに、子供にとっては混乱するばかりだろうし、もしかしたら恐ろしいことかもしれないと思ったの」

アレクサンドラの発言を、ディミトリはじっと考えこんでいる。不自然にも思えるほどの時間をおいて彼は言った。「もう一度説明してくれ。なぜザンドラ・フォーチュンになった？」

もう説明したのだったかしら。アレクサンドラは思い出せなかった。多少はその話題に触れたことは覚えているけれど。

「私が仕事をすることに母が反対だったの。〝デュプリー家の女性は職業など持ちません〟というのが母の口癖だから」アレクサンドラは母親のニューオーリンズ訛(なまり)をまねた。「それに、モデルという職業は、ことさら母の気にさわったし。母の知人たちが客として眺めるキャットウォークを娘の私がモデルとして歩くなんて。まして、水着や下着の広告に出るなんて、考えただけでも母はヒステリーを起こしてしまうわ」

「モデルになるのをあきらめるよりも、別人格をつくりだしたというわけか？」

「選択の余地はなかったのよ。私が仕事をしなければ、母は路頭に迷うし、妹は学費滞納で寄宿学校を退学になったもの」

「お父さんは？」

「もう亡くなったわ」

「それはお気の毒に。遅ればせながら、お悔やみを申しあげる」ディミトリの言葉は形式的ではあったが、声には真摯な気持ちがこもっていた。

「ありがとう。父はいい人だった。化石のコレクターだったの。でも古い骨には興味があっても、ビジネスは全然だめ。私たちは知らなかったんだけど、父が亡くなる二年前から、私たち一家は完全に借金で生活していたの」

「いつのことだ？」

「六年前。私は〈聖母の木陰〉をちょうど卒業したところで、幸運にも友人のいとこが、私を自分の雑誌のモデルとして使ってくれるということになって」アレクサンドラは、皿にわずかに残っていたロブスターのパスタをフォークですくった。口のなかでとろけるようだ。

「〈聖母の木陰〉とは、修道院か何かの名前じゃないのか？」

「ええ。デュプリー家の女性は、先祖代々、フランスの修道院が経営する寄宿学校で教育を受けてきたの」

「きみがフランス人として通用したのもそれでうなずける。フランス語は完璧だし、身ぶりも見た目もヨーロッパ的だ」

「ええ」ザンドラ・フォーチュンのデビューの場としてフランスを選んだのは、まさにその理由からだった。

「続けて」ディミトリがうながす。

アレクサンドラは顔をしかめた。「それだけよ。ほうっておいたら、保安官に家を追いだされるまで母は何もしなかったでしょうし、マデレインが卒業するまで、まだ二年あった。父を失ったうえに、妹が学校から追いだされるのは耐えられなかったの」

「だから仕事をしたのか」

「偽名でね。母の感情をそこねないようにと思って。無理だったけど」

「お母さんは、娘が働くことを受け入れられなかったのか?」

「ええ」アレクサンドラは悲しそうな笑みを浮かべた。「母を落胆させたのは悪かったと思っているわ。でも、ほかにどうしようもなかった。私はまだ若くて、大学に行っていなかったから、ある程度稼げる職業としてはモデルしかなかった。友人のいとこがザンドラ・フォーチュンというフランス人モデルをつくりだしてくれたの。スパイもののドラマみたいに、アレクサンドラ・デュプリーとザンドラ・フォーチュンの関係を知っているのは、私と、家族と、彼だけに徹底して」

「つまり、その男はきみがアレクサンドラ・デュプリーだと知っていたが、きみの恋人だった僕は知らなかったわけだ」ディミトリは気分を害したことを隠そうともしない。

「お互いさまよ。私だって、あなたと結婚する日を忍耐強く待っているフィービという婚約者がいるなんて、知らなかったもの」長々としゃべったせいで喉がからからになり、アレクサンドラは冷たい水を飲んだ。

彼女の挑戦的な言葉は無視して、ディミトリは続けた。「ニューヨークで仕事をしなかったのは、お母さんの気持ちを考えてのことだったのか」

「ええ。アメリカでの仕事はいっさい引き受けなかった。国際的な商品のコマーシャルにも出ないようにしていたし。それに、私生活面でもマスコミに取り沙汰されないよう気をつけていたしね」

「だが、ヨーロッパでは有名だった」

「あくまでフランス人モデルとしてよ。スーパーモデルではなかった。あなたの恋人だという理由で有名人扱いされる可能性はあったけど、それは隠していたもの」

「きみは家族を救ったんだ。お母さんはきみを誇りに思うべきじゃないのか？」

ディミトリの言葉はアレクサンドラの心を温めたが、笑いを抑えることはできなかった。

「誇りに思うですって？　外で働いたうえに、結婚もせずに妊娠したスキャンダラスな娘を？　デュプリー家の屋敷を手放したことさえ許してくれないのよ。この調子でいけば、私は一生、デュプリー家のはみだし者だわ」アレクサンドラは、それが自分にとってどんなにつらいか、ディミトリに気づかれないようにした。弱みを知られたくない。

「お母さんは家を失ったのか？」

「私のモデルとしての収入で、母はシャネルスーツの生活を続けることができたし、妹は大学まで行った。ハンターと結婚する一カ月前に、スミス大学を卒業したわ」優秀な妹を誇らしく思う気持ちがその声にあふれている。

そしてアレクサンドラはため息をついた。

「でも、モデルの収入だけでは、何重にも担保になった家屋敷と使用人を維持するには足りなかった。母は家を売ってメイド付きのアパートメントに引っ越したの。新しい住まいも、ニューオーリンズの高級住宅街ではあるけど、デュプリー家の家屋敷ではないわ」

「それがきみのせいだと？　妻子に借金を残して死んだ無責任な夫のせいではなく？」

父親に対するディミトリの言葉に、アレクサンドラは異を唱えはしなかった。ディミトリは責任感の強いギリシア人男性だ。何があろうと、家族に経済的負担を与えたりしないはず。そして、この世に金銭感覚のまったくない男性が存在するなど、想像もできないだろう。

「ママは、家屋敷を手放したことを私のせいだと責めたわけじゃないわ。家を売ったあとも私がモデルを続けたのには怒っていたけど。働いて母と妹を養うよりも、金持ちと結婚してほしかったのよ」

「だけど、きみは金持ちと結婚したくなかった?」

「私は愛する人と結婚したかったのよ。お金とじゃなくて」

「だったら、僕と結婚してくれ。あの日、シェ・ルネできみが言った言葉が真実なら、僕はどちらの条件も満たしている」

「あのときはそう思っていたけど、私はもうあなたを愛していないわ」そう、あの突然の別れ以来、今でも心はひび割れ、血を流している。

「きみみたいに強い女性が、たった一度、敵対の兆しを経験しただけで恋愛感情を捨て去ってしまうとは、信じられない」

アレクサンドラ自身、ディミトリの言うとおりかもしれないと思いはじめていたが、そう認めて、彼のプライドを満足させるつもりはなかった。「ロケット発射機並のパワーで私を切り捨てて、ほかの女性と結婚しようとした事実は、〝敵対の兆し〟とは呼べないと思うけど」

「でも、僕はフィービと結婚しなかった」

「弟さんに先を越されたからでしょう」

ディミトリはため息をついた。「でなければ、僕がフィービと結婚したに違いないと?」

パリで最後に話したとき、ディミトリがはっきりそう言ったのだ。「ええ」

「弟が駆け落ちする以前に、僕がフィービとの結婚をやめる決断をしていたと言っても、きみは信じないんだな?」

本気で言っているのだろうか? いいえ、これもディミトリ一流の心理操作に違いない。

「ごまかさないで。嘘をついても、私は信じないから」

「しかし、僕が探偵事務所に依頼してきみを捜したという事実は残る。きみがパリを去ってすぐに」

「ディミトリ、私は丸一週間、ホテルで待っていたのよ。あなたが気持ちを変えるのを。でも結局、電話一本くれなかった。そのあと、あなたの子供だと言った私の言葉が本当かもしれないと思うようになった、というのは信じるにしても、それで結婚をやめようとしたなんて、信じられるわけがないでしょう。今でも、あなたにとって大切なのは私じゃない。あなたが欲しいのは自分の子供よ。それくらいわかっているわ」

ディミトリはワイングラスをきつく握りしめた。その手には、パーティの夜に貼られた絆創膏がまだ残っていた。

「そういえば、その怪我はどうしたの?」パーティのときはほかのことで頭がいっぱいで、質問しようとも思わなかった。

ディミトリは注意深くワイングラスを下ろした。そして、そこに重要な答えが詰まっているとでもいうようにじっと見つめた。ディミトリが顔を上げたとき、アレクサンドラは息をのんだ。

彼の目には底知れぬ苦悩が宿っていた。

「きみが死んだとマデレインに言われて、持っていたグラスを握りつぶしてしまったんだ」

6

ディミトリの言葉は、二人のあいだに、いつ爆発するとも知れない爆弾のように漂った。

「自分の子供を失ったことが、そんなにショックだったの?」ディミトリが赤ん坊をそれほど大切に思っていたとは、アレクサンドラは考えてもいなかった。ここ何カ月ものあいだ、アレクサンドラはディミトリを血も涙もないモンスターだと思っていたのだから、無理もなかったが。

「僕らの子供を祖国ギリシアでペトロニデス家の一員として育てるのがいかに大切か、きみも名門の出ならわかるはずだ」

いかにもディミトリらしい発言だ。家名の誇りのために、息子をペトロニデス家の一員として育てたいというのは。

「私は生まれてくる赤ん坊を息子として純粋に愛するわ。家系の名誉とは関係ない。息子の名字がデュプリーだろうとペトロニデスだろうと、かまわない。あなたも同じことが言える?」

ディミトリは冷ややかな表情になった。「僕にはなんの感情もないと思われているのに、答えても意味がないだろう」

ディミトリを傷つけてしまった、彼の自我を傷つけてしまったのだ。そして、なぜかわからないが、アレクサンドラはいたたまれなかった。「そんなつもりじゃ――」

「もういい。デザートは？」

「いらないわ」今さら何も食べられない。

「だったらホテルに戻ろう。口論するなら、人目のないところがいい」

ホテルまでの車中は沈黙に包まれていた。アレクサンドラはやましさをおぼえた。そんな必要はないと自分に言い聞かせても、やましさは消えてくれなかった。

三十分後、スイートに戻ってきたとき、アレクサンドラはディミトリになんとか謝罪の言葉をかけようとした。

「ディミトリ、私――」

「もういいと言っただろう」ディミトリは手で額をこすっている。「疲れた」

彼が弱みを見せたことに、アレクサンドラは驚きを隠せなかった。

ディミトリが唇を皮肉な形に曲げた。「僕が疲れることなどないと思っていたのか？誰にでも限界はあるさ、かわいい人（ペティ・ムー）」

一緒に暮らした一年のあいだには限界など見せなかったのに。

「きみを捜していた数カ月、よく眠れなかった」その告白はアレクサンドラをさらに驚かせた。

「きみを見つけさえすれば、うまくいくと思っていた。きみは結婚に同意してくれるだろうと。二人ですぐさまギリシアに飛んで、祖父に報告に行けると。きみが怒っていることは予想していたし、僕のほうから謝らなければならないだろうとも思っていた。だが、きみに憎まれているとは思いもしなかった」

「憎んではいないわ。言ったでしょう」

「きみが僕を憎みたくないのは、子供への配慮からだ。それはわかる。だけど、きみは僕と結婚したくないと言った。僕を信用できないと。どうすればいいか、僕にはわからない」

アレクサンドラがため息をつく番だった。「あなたの気持ちはわかるわ」

「そのうえ、欲求不満だ」ディミトリは荒々しい声で笑った。「禁欲生活は好きじゃない」

ディミトリの様子が変だ。いつもと違う。こんな彼にどう対処すればいいか、アレクサンドラは途方にくれた。アレクサンドラが知るディミトリは、つねに自信たっぷりにリードする男性だった。今みたいに弱みを見せられたら、動揺してしまう。

「でも、そんなに長い期間ではないでしょう?」

「フィービと結婚するときみに告げた日から、誰とも関係を持っていない」

常人とはかけ離れた性のエネルギーに満ちあふれたディミトリのような男性にとって、それは一般の男性が死ぬまで禁欲を強いられるほど大変なことだろう。様子がおかしいのも無理はない。ディミトリが禁欲した理由はわからないけれど、アレクサンドラは心の底で喜ぶ自分がいるのを感じた。

「わかったわ」

「あやしいものだ。だが、そのうちきみにもわかるかもしれない」ディミトリの表情から疲労の色が消え、獲物を前にした性の狩人（かりゅうど）のそれになった。「きみが助けてくれれば」

アレクサンドラは自分の寝室へ向かった。「今日はもうやすむわ。その……シャワーを浴びて、本でも読もうかしら」

肉体的にディミトリに逆らえないことは、すでに証明されている。アレクサンドラは、数カ月に及ぶディミトリの断食の最後を飾るメインディッシュとして自分をさしだす気はなかった。

寝室のドアを閉めながらも、ディミトリが浮かべた笑みがアレクサンドラの脳裏を離れなかった。念のため、ドアをロックする。そして、ようやくほっと息をついた。ディミトリに抱かれるわけにはいかない。今は考えるべきことがいろいろある。

目を閉じてアレクサンドラはシャンプーの泡を洗い流した。体に当たるシャワーが気持ちいい。

シャワーに続いて入ったゆったりしたサイズのジェットバスの贅沢な心地よさは、また格別だった。頭上からと胸の高さからのジェット水流が優しく体を包んでくれる。ガラスとタイルに囲まれたなかで、アレクサンドラはプリンセスになったような気分を満喫した。

心地よさに浸って目先の難しい問題を忘れていられたのは、ほんの一瞬だった。アレクサンドラはディミトリとのことに思考を戻した。どうすればうまく解決できるだろうか。子供を愛する二人の権利は、ディミトリにもアレクサンドラにも等しくある。さらに重要なのは、子供には両親が必要だということだ。ディミトリは結婚しようと言う。私を愛してもいないのに。

愛に支えられた結婚をしたいという自分の夢のために、子供を犠牲にするのは許されるだろうか？　私がディミトリとの結婚を拒めば、子供は両親のそろった家庭で育つことはできない。人によっては大した問題ではないだろうが、ギリシア人の血が流れる息子にとっては、ギリシア側の血縁や将来の仕事相手からマイナスと見られるかもしれない。

ニューオーリンズに住む母が生まれてくる子を受け入れない可能性もある。そう考えるだけで腹が立つけれど、今さら母の価値観を変えるのは不可能だ。無理に変えようとすれば、母という人を根底から覆すことになる。

ややこしい問題をなんとか簡単に解決できないものか。そう思いつつ、アレクサンドラは目元を手でぬぐい、目を開けた……あたりは暗かった。まばたきしたが、やはり光は見えない。停電だろうか？　このクラスのホテルなら自家発電機を持っているはずだけれど。いきなり、頭上からのジェット水流が止まった。だが、胸のわきに当たる水流は止まらない。アレクサンドラは混乱した。恐慌状態に陥り、壁に手を伸ばす。しかし手に触れたのはタイルではなく、人の肌だった。

しばらく意味がのみこめなかった。いったいこれは……。「ディミトリ？」恐怖にこわばった喉から出たのは、かすかなささやき声だった。

「そうだ」ディミトリの声は、アレクサンドラを包むジェットバスよりも温かかった。

「だめよ」

アレクサンドラのウエストにまわされた腕が、彼女の体を持ちあげた。「何が？」彼女にキスしながらディミトリがきき返す。

「いや。こんなのいや」その言葉が本心でないことは、自分自身わかっていた。

すでに固くなったアレクサンドラの胸の先端を、ディミトリの指が慣れたしぐさで優しく愛撫しはじめた。「本気かい？」

「話しあわなくては」それは理性が言わせた言葉だった。体は、早くディミトリとひとつになりたいという欲望に震えている。

「話し合いはもう充分だ。何も解決しない。でもこれは……」ディミトリに胸の先端を指でつままれ、アレクサンドラは思わず声をもらした。「確実に与えてあげられる」

「セックスは問題を解決しないわ。むしろ、問題の発端となるだけよ」アレクサンドラはなんとかもう一度理性を働かせようとした。

「違う。セックスじゃない。僕らの愛の行為はたぐいまれなる美とリズムの詩だ。言葉が僕らのあいだに距離をつくった。僕の言葉も。きみの言葉も。話はもういい」

ディミトリの声には追いつめられたような響きがあり、言われた内容とあいまって、アレクサンドラの心を揺さぶった。喉がひりひりして、涙があふれそうだ。彼の言うとおり、二人を隔てたのは言葉だ。ディミトリとの愛の行為は、いつでも、あの最後のときでさえ、すばらしい経験だった。

湯気にけむる暗闇のなかで、アレクサンドラはすでに気づいていた真実を認めた。私は今でもディミトリを愛している。彼を愛さなくなる日が来るとは思えない。

アレクサンドラの吐息のような声が合図となって、ディミトリは彼女を抱えおこし、自分と並んで立ちあがらせた。よく知った唇が彼女の唇をとらえる。情熱的なキスに、アレクサンドラは焼きつくされる思いだった。彼女の下唇をディミトリがじれったそうについばむ。アレクサンドラが唇をそっと開いたとたん、ディミトリの舌が侵入してきた。そしてアレクサンドラは、かつてディミトリとひとつになった信じられないほどの歓喜の瞬間を、あざやかに思い描いた。

じかに触れたくて、アレクサンドラは彼の胸を指でなぞった。ディミトリが唇を離し、体を震わせながら大きくのけぞる。

「そうだ、僕のベイビー、さわってくれ」

アレクサンドラにとまどいはなかった。認めまいとしてきたが、ずっとディミトリが欲しかったのだ。彼の胸の頂をこねるように愛撫する。ディミトリは腰を揺らし、すでに固くなった高まりをアレクサンドラの腹部にこすりつけた。

その熱い高まりを受け入れたときの感覚を思い出すだけで、アレクサンドラは立っていられなくなった。だが、ディミトリがしっかりとウエストを抱えている。彼のたくましい胸から肩にてのひらを這わせながら、アレクサンドラはふたたび彼に触れられた喜びに浸った。頭を下げ、ディミトリの片方の胸の頂を唇でとらえる。歯と舌の先端でからかうような刺激を与える。巧みな愛撫に、ディミトリは身もだえし、それが彼女に喜びを与えた。

こうしているとき、ディミトリは私のもの……それだけはたしかだ。

男らしくとがった胸の先端をアレクサンドラが吸いあげると、ディミトリが喉の奥からくぐもった声をもらした。そして彼女の顔をそっと両手ではさみ、かすかな圧力を加える。アレクサンドラは思わず彼の胸から唇を離した。

ディミトリは彼女の肩を押し、シャワーブースのなめらかなタイルに背中がつくようにした。「両手を壁について」

アレクサンドラは言われたとおりにした。

「動かさないで」

「ディミトリ?」

「まかせてくれ」

考えてみれば、ディミトリに痛い思いをさせられたことはなかった。彼はそんなまねはしないと信じられる。「わかったわ」

骨張った指がアレクサンドラの頬をたどり、唇をかすめて口のなかに侵入した。優しく出し入れされる指を吸いながら、アレクサンドラは自分の腿の付け根が潤うのを感じた。ディミトリは彼女の鎖骨から胸を軽く撫でおろし、そこで手を止め、妊娠によって変化した形を確かめている。

アレクサンドラの胸のふくらみはより豊かに、より敏感になっていた。ディミトリは、羽根のように軽い触れ方はそのままに、ふくらみを下から上まで丸くなぞり、指と指のあいだでとがった先端を軽くつまむようにした。その動きを何度も何度も繰り返す。アレクサンドラはもっと強い刺激が欲しくてたまらなくなった。

「ディミトリ、お願い……口で……」

彼はくぐもった笑い声をあげた。「まだだよ、うん?」そして彼女の口に入れていたほうの指で、もう片方の胸の頂も同じようにゆっくりと愛撫する。たまらなくなったアレクサンドラが、前後に頭を振りながら懇願した。

「お願い……」もう言葉にもならない。

言葉にする必要はなかった。ディミトリがひざまずき、アレクサンドラの固くとがった先端を口に含んだ。最初はそっと優しく。だがすぐに吸いあげる力は強くなった。痛みと紙一重の快感に、アレクサンドラは声をあげた。

「お願い、もっと……。ああっ……。やめて！　もうだめ。いや……。やめないで！　もっと強く。さあ、ディミトリ！　今よ……」暗闇のなかで絶頂に達したアレクサンドラのまぶたの裏で、色とりどりの星がはじけとんだ。

壁に背中を当てたまま、ずるずると体が沈んでいく。しかし、それで終わらせてはくれなかった。ディミトリは彼女の胸からおなかへと唇を這わせ、赤ん坊を宿したふくらみを覆う肌を隅々まで指と唇で愛撫した。

「僕のベイビー（モロ・ムー）」彼女のおなかのもっとも突きだしたところにキスをする。「僕の女（イネカ・ムー）」ディミトリは両手でアレクサンドラのおなかを囲むようにし、自らの所有権を宣言した。

官能の嵐（あらし）に翻弄（ほんろう）されながらも、おなかに向かってささやかれたディミトリの言葉が脳に浸透していくにつれ、アレクサンドラは激しく感情を揺さぶられた。さっきは私を〝僕のベイビー〟と呼んだディミトリが、今は二人の赤ん坊に呼びかけている。そしてアレクサンドラは気づいた。彼に〝僕の女〟とギリシア語で呼びかけられたのは、これが初めてだ。私はディミトリの女として、妻として求められている。

「二度と放すものか」

アレクサンドラは何も答えられなかった。何が言えるだろう。私が姿を消したせいで傷ついたと、ディミトリは言う。どこまで信じていいかわからないけれど、今は考えている場合ではない。彼の唇がおなかから秘められた場所へと移動した。そこに軽く挨拶のようなキスをし、彼女の腿を外側から押さえて、ぴったりとつくようにする。

彼の舌が侵入してきたとき、アレクサンドラは心の準備ができていなかった。ディミトリは彼女の腿を密着させたまま、彼女のなめらかなひだに舌を這わせる。もっとも敏感なスポットを、舌の先端で前後に、そして円を描くようにくすぐる。熱く濡れた舌が、腿に押しつけられて密着したひだをこじ開けるように暴きたてる。かつて経験したことのない深い快感に、アレクサンドラは翻弄された。

もう一度高みに押しあげられようとしていた。うわごとのようにディミトリの名を呼ぶ。頬を歓喜の涙が伝い、シャワーの湯とまじって彼女の肌を流れていく。ディミトリがアレクサンドラの腿を押さえていた手でヒップを下から押すようにし、いたずらを続ける自分の口に、彼女のその部分がもっと深く触れるようにした。

五カ月間、誰にも触れられていなかった場所にディミトリの指がもぐりこんだ。アレクサンドラは完全に陥落した。歓喜のすすり泣きをもらし、ディミトリの名を呼ぶ。舌と指の侵略をやめようとしないディミトリの上になかばくずおれ、アレクサンドラは何度となく身をわななかせ、そのまま闇にのみこまれていった。

ふと目を開けると、ディミトリの寝室にあるキングサイズのベッドの上だった。彼がアレクサンドラの体についた水滴をタオルで優しく拭いている。ベッドサイドの明かりが彼のブロンズ色の体をやわらかく照らしていた。

ディミトリが上からほほ笑みかける。「気がついたようだね」

「私、失神したの?」信じられなかった。

「変なことじゃない。すごく感じたときにはそうなるものだ」

「ありがとう」ディミトリは、アレクサンドラが想像したこともないほどの快楽を与えてくれたのだ。

真夜中の空の色をした瞳が、アレクサンドラをひたと見つめた。「感謝するのは僕のほうだ。こんなに熱くなるのは、きみに触れたときだけだよ」

ディミトリは彼女の体をタオルで少し隠すようにして、ベッドの横に立ちあがった。

「ディミトリ?」

「ひとりで眠りたいならそうさせてあげるよ」

アレクサンドラはじっと彼を見つめた。心臓が早鐘を打っている。「私が欲しくないの?」

ディミトリは笑い声をあげ、自らの高まりを手で示した。「もちろん欲しいさ。でも、きみがいやなら、無理に奪いはしない」

アレクサンドラは寝室に運んでもらえるとは思っていなかったし、おそらくディミトリにもそんなつもりはなかっただろう。何が彼の気を変えさせたのかわからないが、アレクサンドラは胸を打たれた。ディミトリは選択権を与えてくれたのだ。自分の欲望のままにふるまうのではなく。

そして選択権を与えられたおかげで、アレクサンドラは理性で決めたことを自ら放棄しなくてはならなかった。ディミトリが欲しい。バスルームで与えられた快楽はすばらしかったけれど、もっと深く彼とつながりたい。

アレクサンドラはタオルをどかし、ベッドの横に落とした。

ディミトリの表情は硬いままだが、瞳には欲望がきらめいている。「アレクサンドラ?」

彼女は両腕を伸ばした。「来て」

ディミトリは信じられないようなすばやさで彼女に身を重ね、一気に押し入った。そして動かなくなった。「この世の天国のような気分だ」

もう二度と経験することはないと思っていた深い喜びを味わい、アレクサンドラは呼吸もままならなかった。

しばらくじっとする必要があるのは、アレクサンドラも同じだった。長く離れていたあとだけに、この感触をじっくり味わいたかった。覚えている感じと違うことに最初とまどったが、すぐさま理由に思いあたった。避妊具を使っていないのだ。その必要もない。アレクサンドラはすでにディミトリの子供を宿しているのだから。彼女はじかに触れあう感触を楽しんだ。

顔を上に向け、ディミトリと視線を合わせる。

ディミトリがほほ笑んだ。「今、僕たちはひとつだ」

アレクサンドラも笑みを返した。「ええ」

そしてディミトリは動きはじめた。耐えがたいほどゆっくりと。「赤ん坊は大丈夫？」

アレクサンドラは大きくうなずいた。彼女自身が苦痛に思わない行為であれば、妊娠していても問題はないと産婦人科医が言っていた。そう聞いたときは、自分には関係ない情報だと思ったものだ。

彼がふたたび動きだすと、アレクサンドラの喉から声がもれた。

「本当に大丈夫かい？」

医師の言葉を伝えるために、アレクサンドラは苦労して理性をとり戻した。ディミトリが驚いた顔をするのを見て、彼女はからかった。「あなたは男なんだから、わかりそうなものでしょう」

ディミトリの男らしい顔に血の気がさした。「話しあったこともなかったし」アレクサンドラがくすりと笑う。「あなたの体液のなかに、適切な時期に分娩を始めるようにうながす成分があることも、知らなかったでしょう?」これも、教えられるだけ無駄だと産婦人科医に言い返したかった知識だった。ひとりで産むつもりだったし、ディミトリからそんな助力を得るなど不可能だと思っていたから。

驚きの表情が満足げなものに変わった。「ペトロニデス家の男は義務に忠実だ。必要なだけ、きみにその成分を与えることを約束する」

アレクサンドラは声に出して笑った。そうしてもらう立場に自分がなりたいかどうか、まだ迷っていたが、今はとにかくこの瞬間を楽しみたかった。やがてディミトリの動きが激しくなるにつれ、アレクサンドラは笑う余裕も考える余裕もなくした。彼は両手でアレクサンドラの体を固定し、情熱的な動きを繰り返す。

ふたたび下腹部が熱くなるのを感じて、アレクサンドラはディミトリの肩をつかんだ。力の加減ができず、肌に爪が食いこむ。そのまま二人は絶頂に向かって同じリズムを刻んでいった。

アレクサンドラが身をわななかせ、彼をきつく締めつけたとき、ディミトリもまた動きを止め、快楽の叫びをあげた。彼の放った温かいものが自分のなかに広がっていく。生まれて初めての感触に、アレクサンドラは感情を揺さぶられた。これまでに経験したどんな行為よりも、ディミトリを親密に感じていた。

今後二人の関係がどうなるにしても、このひとときは一生忘れないだろう。快楽の余韻にかすむ意識のなかで、アレクサンドラは思った。

7

ディミトリはアレクサンドラからいったん身を離したが、並んで横たわると、彼女が逃げやしないかと恐れてでもいるようにしっかり抱き寄せた。

アレクサンドラは呼吸をするのもけだるいほどだった。どこへも行く気はない。「私、バスルームのドアをロックしたのに」彼の傍らで伸びをしながら言う。

「ああ」

「どうやって入ったの？」

「僕にできるのは金儲(もう)けだけだと思っているのか？　鍵(かぎ)くらいあけられるさ。十六のとき、祖父の警備員が教えてくれたんだ。男なら必要な技術だと言われた。もっとも、今日まで使ったことはなかったが」

若かりしころのディミトリを想像して、アレクサンドラは笑みをもらした。「おじいさまは知ってらしたの？」

「そもそも祖父のアイデアだ」

「嘘ばっかり」

「本当だよ。祖父は、男たるもの自分の面倒は自分で見るべきだという考えだからね。たとえ、人を雇うお金があったとしても」

アレクサンドラはディミトリにすり寄った。気持ちのいい感触だ。「どうりで、文句も言わずに食事の支度を手伝ってくれたわけね。ギリシア人男性にしては、家のことをよくやってくれるから、驚いていたのよ。しかもお金持ちなのに」

「パリでのつつましい生活は楽しかった」

「最初、私が家政婦もコックもいらないって言ったら、驚いていたくせに」

「ああ。きみほど忙しい仕事を持つ女性は、たいてい家事は他人にまかせたがるものだから」

「生活感が必要だったの。そうでもなければ、ファッション業界のきらびやかな面しかわからない人間になってしまいそうで」アレクサンドラはため息をつき、気持ちの命ずるまま、ディミトリの胸に唇を押しつけた。「たぶん、母みたいに……社交界のことしか考えられないような、そんな人間になりたくなかったんだと思うわ」

とはいうものの、アレクサンドラにも、母親と同じように現実に直面するのを避けて通っていることがあった。ディミトリとの関係だ。この先どうなるか意識的に考えないようにして、その日その日を過ごしてきた。だからこそ、ディミトリから終わりを告げられたとき、アレクサンドラはひどく打ちのめされたのだ。

「なぜバスルームの明かりを消したの？」

「きみと僕だけの世界にしたかったから。つらかったことを忘れて。過去も、未来も、現在もなく。ただ僕たち二人きりの世界に」

二人はそのままの姿勢で横になっていた。ディミトリは彼女のわきをぼんやりとさすり、アレクサンドラは彼の胸の上に手を置いている。ふと、パリで最後にディミトリとベッドをともにしたときのことを思い出した。〝力強い心臓ね〟彼女はそう言ったのだった。

「おじいさまが二度目の心臓発作を起こしたって言ったわね？」

「ああ。僕がギリシアに行っていたあいだに。きみがパリを発つ直前だ」

「なぜ教えてくれなかったの？」

「きみこそ、どうして本名を教えてくれなかったんだ？」

「パリではザンドラ・フォーチュンだったもの」

「ああ。だけど、モデルの仕事とは関係のない旅行に定期的に出かけながら、理由を教えてくれなかったじゃないか。アレクサンドラ・デュプリーに戻るためだったのか？」

「ええ」アレクサンドラは認めた。

「ほかに男ができたのかと思った」

アレクサンドラは起きあがった。乱れた美しい黒髪と、腰にかけたシーツ以外のブロンズ色に輝く裸身をさらしたディミトリを見下ろす。

「私が二股をかけていたと思ったの？」

その可能性は小さいだろう。本気でそう考えていたら、ディミトリはすぐに私を捨てたはずだ。

「浮気したことは一度もないわ。セックスを経験したとたん、ほかの男性とも試してみたくて我慢できなくなるような女だと思ったの？」

まさか、罪悪感にかられてディミトリの顔がゆがむとは思ってもいなかった。

「思ったのね！」考えるよりも先にディミトリの胸を拳で殴っていた。力まかせに。

ディミトリはうめき声をもらし、アレクサンドラの拳に自分の手を添えた。「もし思っていたら、すぐにきみと別れたさ」

なるほど。いかにも彼らしい。「でも、赤ん坊の父親は自分じゃないと思ったのね？」

「ああ。たしかに、一週間は自分の子供ではないと信じていた。言い訳はできない」

アレクサンドラは彼をにらみつけた。「まったくだわ」

とはいうものの、行き先を告げない旅行が、ディミトリのような独占欲の強い恋人にとって疑惑の原因になったことは理解していた。ディミトリは彼女に隠し事をされるのを嫌っていた。アレクサンドラにしてみれば、そうすることで、彼に完全に支配されるのを避けていたのだが。愛しすぎていればこそ、彼の知らない自分を維持することが自己防衛として必要だったのだ。けれど、現実には、ディミトリとは関係のない自分の人生に戻ることになったとき、そこには痛みしかなかった。

「僕がフィービとの結婚の日取りを決めないかぎりは、心臓バイパスの手術を受けないと、祖父が宣言したんだ。きみとは別れたくなかったが、祖父を死なせるわけにもいかなかった」

アレクサンドラは信じられない思いでディミトリを見た。「嘘でしょう？　おじいさまはすばらしい人だと、いつも言っていたじゃない。まさか、そんな脅迫めいた言葉で私と別れさせるなんて」

「祖父はきみの存在を知らなかった」

五カ月前の出来事に関する新たなこの真相はアレクサンドラを混乱させた。「それにしても……」

「祖父は僕にペトロニデス家の男子としての義務を果たすよう望んだんだ」

「それなのに、あなたは愛人を妊娠させたうえに、公の場で愛人と口論をしてマスコミに取り沙汰されたのね」

「ああ」

「だったら、私と結婚なんかしたら、おじいさまは怒り狂うでしょう」

ディミトリは楽しそうな表情になった。「まさか。一度に曾孫と美しい孫娘を得て、喜ぶさ」

「私はもうきれいじゃないわ。あなたに言われたとおり」

ディミトリはつないだ手に力をこめ、アレクサンドラを抱き寄せた。「具合が悪そうだと言っただけだ。醜いなんて言ってないよ」

「でも、私の目はもう緑色じゃないわ」かつてディミトリが目を褒めてくれたことを思い出した。

「今のきみの瞳は気分によって色が変わる。実にそそられるね」

「髪は短いし、茶色よ」

ディミトリは声をあげて笑いながら、アレクサンドラの髪をくしゃくしゃにした。「すごくセクシーだよ。自分でもわかっているだろう。茶色といっても、こんなに魅力的に輝いている」

「だけど、かぼちゃみたいな体形だもの」

ディミトリはアレクサンドラの脚のあいだに膝をすべりこませ、彼女が自分の上にまたがる格好で密着させた。男性の証が押しつけられる。次の瞬間、彼は彼女のなかに侵入した。「これでも、僕がきみを醜いと思っているというのか？」

質問はなんだった？　思い出せない。アレクサンドラはディミトリの上で欲望の海に溺れようとしていた。何度もエクスタシーの極みに押しあげられる。絶頂に達したとき、アレクサンドラには口をきくエネルギーも残っていなかった。ディミトリに寄り添って眠りに落ちながら、妊娠がわかって以来初めて安らかな気持ちになれたと思った。

温かい安心感に包まれ、アレクサンドラは完全に目を覚ましてしまいたくなかった。パリを離れてから、何度こんな夢を見ただろう。ディミトリと同じベッドにいて、彼が守るように腕をまわし、二人の脚がからまっている。現実のような気がするけれど、完全に目が覚めれば、この幻想は消えてしまう。

ディミトリが身じろぎし、アレクサンドラのなめらかな脚のあいだに脚を入れた。彼女はすぐさま目が覚めた。その目に映ったのは、ブロンズ色で筋肉質の胸板だった。ディミトリ。そう気づいたとたん、昨夜の記憶が一気によみがえってきた。

二人は愛を交わしたのだった。しかも一度ではなく。そのたびにディミトリはよくない影響を赤ん坊に与えるのではないかと心配し、そのたびにアレクサンドラは大丈夫と請けあった。最後に愛しあったのは夜が明けるころだった。アレクサンドラを眠りから引き戻したディミトリの繊細な誘い方が、彼女の魂にまで届いたのだ。

昨夜、あれほどまでにアレクサンドラを優しく扱った男性と、かつて振り返りもせずに歩き去った男性とが同じ人物とは信じられない。

もっとも、ディミトリに言わせれば、彼が振り返ったときにはアレクサンドラがいなくなっていたらしい。ディミトリが一方的に別れを告げたのは、フィービと結婚しなければ心臓のバイパス手術を受けないと言い張った祖父の願いを聞き入れるためだった。その事実は、アレクサンドラの傷ついた心をある程度慰めてくれた。

とはいえ、ディミトリが祖父に私を大切な女性だと告げたら、状況は変わっていただろうか？　だけど、当時の私たちは独身の気楽な恋人の関係でしかなかった。

もっとも昨夜の結びつきは、ひとりの男性とその一時的な恋人との愛の行為という感じではなく、むしろ崇高に思えたほどだった。

祖父の件を聞いたせいで、五カ月前の出来事が違って見えてきたのはたしかだ。でも、自分の子供ではないとディミトリが言ったのは、それとは関係ない。私が旅行について秘密にしていたから不信感が生まれたのだとしたら、私にも責任はある。

ただし、秘密に関してはディミトリも同じだ。祖父の心臓発作のことは教えてくれなかったし、家族について質問しても、ほとんど話してくれない。祖父と弟がいることは知っているけれど、両親の話になると、いつも話題をそらされる。亡くなったのはディミトリが十歳のときだというから、まったく記憶がないとは思えないのに。それに、私を家族に紹介したり、弟がパリに来ているときに夕食に招待することもなかった。

それが、今は結婚してほしいという。ディミトリの体のぬくもりが与えてくれる安心感が、同時に不快にも感じられ、アレクサンドラは身じろぎした。何が彼の気を変えさせたのか。答えは明らかだ。アレクサンドラは自嘲した。ひとつ目の理由は、私のおなかの子の父親は自分だと認めたから。ペトロニデス家の男性にとって、それは多大な変化を及ぼす。ディミトリに妊娠を告げたとき、私はそのことをわかっていたんでしょう？

　あのときは彼と結婚したいと思っていたけれど、今さらプロポーズされても遅すぎる気がする。

　もうひとつの理由は、婚約者が弟と結婚したことだ。ディミトリは平静を装っていたが、弟に出し抜かれたのだから、当然プライドが傷ついたに違いない。

　昨夜、アレクサンドラはディミトリをまだ愛していることに気づいた。でも、もはや崇拝はしていない。その変化は、私を少しは強い立場にしてくれるだろうか？

「考えはまとまった？」頭の上からディミトリの声がした。

　アレクサンドラは顔を上に向け、彼と視線を合わせた。「なんのこと？」

「これからの人生について。きみの、そして僕たちの」

「私たちのことを考えていたって、どうして決めつけるの？　だいいち、考え事をしていたかどうかもわからないのに」

　ディミトリがすごみのある笑みを浮かべた。「きみは否定するかもしれないが、僕にはきみのことがよくわかる。目が覚めてすぐに考え事をするのはきみの癖だし、今や赤ん坊の将来以上に重大な問題があるかい？」

「その将来には自分も入っていると、決めているみたいね」

「言うまでもないさ。結婚しようとしまいと、恋人同士だろうと敵だろうと、子供は僕の息子だ」

「そういう意味で言ったんじゃないわよ。子供をあなたから引き離す気はないわ」

「僕を軽蔑(けいべつ)していても？」ディミトリの声は暗く、表情は硬い。

アレクサンドラはじっと彼を見つめた。昨夜の親密な行為のあとでも、彼は私に軽蔑されていると、本気で思っているのだろうか？「軽蔑なんかしていないわ」

「だけど、もう愛していないんだろう」

答えれば、嘘をつくことになる。アレクサンドラは話題を変えた。「今日は何か予定があった？」

「ああ」

「じゃあ、そろそろ起きないと」

ディミトリはいたずらっぽい笑みを浮かべて彼女を見下ろした。「起きなくていいよ」

「でも……」

「今日の僕の予定はきみを口説くことだ。どうやら、僕にはベッドがいちばん向いているようだから」

なんと言っていいかアレクサンドラが答えに窮したまさにそのとき、ベッドサイドの電話が鳴りだした。彼女に挑発的な視線を投げ、ディミトリは向きを変えて受話器をとった。
彼は本当に私を口説くつもりだったの？　その考えは興奮をかきたてた。二人はめくるめく日々を過ごした。彼と一緒に暮らしたことはとにかくすばらしかったけれど、口説くと言われたら……ああ、なんてすてきな言葉。

「アレクサンドラ」

彼女はぼんやりと視線を転じた。「何？」

「きみにだ。妹さんから」

アレクサンドラはベッドの上を這い、ディミトリの手から受話器をとった。「マデレイン？」

「ええ、私よ。誰かさんとはどう？」マデレインの声には緊張が感じられる。

「きかないで」

「そんなにひどいの？」

ひどい？　いいえ、むしろ、ばかげていると言ったほうがいい。そもそも、最初にディミトリとベッドをともにしたのも、あまり賢明な行動ではなかったかもしれない。将来どうなるかもわからず、ディミトリの裏切りから立ち直ってもいないこんなときに彼とベッドをともにするなんて、愚か以外の何ものでもない。「話しあうことがたくさんあるの、それだけよ」

「彼、例のギリシアの女性と結婚していないという証拠は見せた？」

「ええ」

「それはとりあえず、よかったわ」マデレインの声には落ち着きがなかった。

「何かあったの？」

「ええ……」

「マデレイン……」子供のころから妹を励ますときの癖で、アレクサンドラは優しい声を出した。

「ハンターのせいなの！」

「何が？」

「今朝ママが突然やってきて、姉さんの居場所を教えろって言ったの。私は教えたくなかったのに、ハンターが、ディミトリと一緒にホテルにいるって言ってしまったのよ。ママが気絶しちゃって、私、ハンターを大声でなじったわ。それで、彼が怒って口をきかなくなって……」激しい感情にマデレインの声がかすれた。

「ごめんなさい。あなたまで巻きこみたくなかったのに」

マデレインが電話の向こうで泣き笑いしているような声をたてた。「姉さんらしいわ。パパが亡くなったあと、ママと私の面倒を見てくれて、ママのいやみを我慢して。それなのに、自分が誰かに頼る番になると、それだけで罪悪感にかられるなんて」

「こうなったのは私のせいだもの。私が愚かなばかりに、みんなに迷惑をかけるわけにはいかないわ」

アレクサンドラの隣で、ディミトリの体がこわばった。

「とにかく、ママがそっちに向かっているから」

聞き間違いだろうか？「でも……」

「また気絶するってママが私を脅したの。それに本当にすごく顔色が悪くて……。だから、ホテルの名前とルームナンバーを教えてしまったの」

マデレインは泣きだし、何度も何度もごめんなさいと謝った。

「マディ、落ち着いて。大丈夫だから。私の居場所を教えたくらい、どうってことないわよ」アレクサンドラは嘘をついた。

「だけど新聞が……。ひどすぎる。姉さんにうまく対処できるかしら」

新聞？「マディ、いったいなんの話？」

「知らないの？」マデレインはふたたび泣き声になった。「とにかくひどいわ。姉さんはもう充分つらい目にあったのに……」

これ以上マデレインに質問しても、意味のある答えは返ってきそうもない。アレクサンドラはなるべく妹の気持ちを落ち着かせようと優しい言葉をかけてから、電話を切った。

「母がこっちに向かっているわ」ディミトリのほうを向いて言う。

彼の眉がぴくりと動いた。「そうらしいな」

「母は戦闘モードよ。戦闘といってもお上品なものだけど」とはいえ、母親とやりあったあと、アレクサンドラはいつも挽(ひ)き肉器にかけられたような気がしていた。

「きみのお母さんだ。何よりもきみの幸せを望んでいるはずだよ」

自信たっぷりに言われて、アレクサンドラはそっけない笑い声をあげた。「母にとって何より大事なのはデュプリー家の名誉よ。世間体がすべてなの。どうとりつくろっても、私があなたの部屋に泊まっているのを許しはしないわ」

ディミトリが黙りこんだまま数秒が流れた。

やがてアレクサンドラはしびれを切らした。「どうしたの？」

「自分の無知にショックを受けているんだ。僕はザンドラ・フォーチュンの人格設定をうのみにしていたから。フランス人ファッションモデル。天涯孤独の身。洗練された視点を持つ世慣れた女性。家族というものを知らない女性。なぜなら家族に恵まれたことがないから」

「それで？」正直なところ、ディミトリとの会話は、ワインを飲みすぎた状態で目隠しをされて迷路に迷いこんだように、わけがわからなくなることがあった。彼は何を言いたいのだろう？　間近に迫った母親との対決となんの関係があるの？

ディミトリは首を横に振った。「今になって考えてみたら、ザンドラのイメージに合わないこともたくさんあった」

「見たいものしか見えていなかったのよ。あなたが望んでいたのは、世慣れたモデルとのあとくされのない恋愛だったもの」

「そうだな」ディミトリは手を伸ばし、驚くほど優しく彼女の頬に触れた。「僕が見ていたのは、きみが僕に見せたがったものだろう?」

否定はできなかった。家族の話をしようと何度も考えたが、いつも自己防衛本能が働いて邪魔をする。それに、アレクサンドラ・デュプリーである自分には、ディミトリが興味を持たないのではないかという恐れもあった。ザンドラ・フォーチュンの人格設定ですら、それをディミトリのような男性に求められたことは、ある意味ショックだったのだから。

「諺にもあるとおり、よく知っていると思いこんでいる相手でも、本当は大して知らないものだってことね」アレクサンドラもディミトリも、これに関しては同罪だ。

「だけど、きみは僕に知られまいとした」

それは正確ではない。「あなたは私を知っていたわ。ただ、アレクサンドラ・デュプリーとしての面を知らなかっただけで」

「代わりに、まったく別の設定を信じこまされたわけだ」

「あなたは母に似ている。表面しか見ないもの。表面的なことしか興味がないんだわ」

ディミトリはアレクサンドラを抱き寄せ、胸のふくらみを手でなぞった。彼女の胸の頂は昨夜の名残で敏感なまま、すぐに固くとがった。

「きみの表面が欲しいのは本当だ」ディミトリは思わせぶりな笑みを浮かべたが、すぐに真剣な表情になった。「でも、僕が欲しいのは表面だけじゃない。きみのすべてが欲しい。そして手に入れる」

明確に言葉にされた独占欲に、アレクサンドラは身震いした。ディミトリが言っているのは結婚だけではない。アレクサンドラの頭脳と感情のすべてを手に入れるという宣言だ。

「マデレインが新聞記事について言っていたけど、詳しい内容は教えてくれなかったの。調べたほうがいいと思うわ」

ディミトリは気にする様子もない。「シャワーを浴びたら、電話で確かめるよ」

アレクサンドラはうなずき、彼から離れようとした。「母はもうマデレインの家を出ているわ。渋滞がなければ、三十分でここに着くはずよ。早くシャワーを浴びて着替えないと」

ベッドを飛びだそうとするアレクサンドラをディミトリは引き止めた。「僕らの関係は変化したんだよな?」

「ベッドをともにしたから?」

ディミトリは身をかがめ、アレクサンドラの鼻にキスをした。「僕らの関係の美しい領域をふたたび確立したから」

「でもあなたとは結婚しないわ」

「本気で言っているのかい？」

アレクサンドラが答えないでいると、ディミトリは声をたてて笑い、彼女をバスルームへ引っ張っていった。

「一緒に浴びよう。そのほうが時間の節約になる」

8

シャワー室でディミトリがまた愛を交わそうとするのではないか、とアレクサンドラは心配していたが、彼は言葉どおりおとなしくしていた。二人は記録的な速さで着替えをすませた。ディミトリが秘書と電話で話していると、静かにドアをノックする音がした。

「母だわ」アレクサンドラが低い声で言う。

ディミトリは唐突に電話を切り、部屋を横切っていってドアを開けた。セシリア・デュプリーが立っていた。ペールピンクのモスキーノのスーツを着た姿は、はかなげだが美しい。

「ザンドラのお母さんですね」ディミトリはセシリアを室内に迎え入れた。

アレクサンドラはもう少しでうめき声をあげそうになった。違う、ザンドラじゃないわ。

張りつめた表情の母は、今日ばかりは礼儀を無視して、いきなり娘に話しかけた。「これが、ザンドラ・フォーチュンとしての派手な暮らしぶりというわけね。あなたには常識というものがないの？　ここはニューヨークで、あなたはアレクサンドラ・デュプリーなのよ。あなたがどこぞの外国人とホテルで一夜を過ごしたなんて知れたら、ニューオーリンズの社交界はなんて言うかしら！　妹のことも考えなさい。あなたのスキャンダルがハンターのビジネスに悪影響を与えたらどうするの」セシリアの声には怒りがこもっていた。

「ハンターの取引相手が、マデレインの姉のすることに興味を示すとは思えないし、ニューオーリンズの社交界については……新聞に広告を出すわけじゃないんだから、誰にも知られるはずないわ」知られたとしても誰が気にするわけでもないし。アレクサンドラは独り言をつぶやいた。

「あなたはデュプリー家の一員なのよ」それがすべての答えであるかのようにセシリアは言う。「もっとも、これを見るかぎり」彼女は娘の目の前に新聞を突きだした。「あなたはその事実を忘れているようだけど。こんな情報を公にさせるなんて、信じられない」

「ママ、見せてもらえる？　被告人は罪状を知る権利があるもの」

セシリアは手加減なく新聞を投げつけた。見出しと写真を見て、アレクサンドラは母の激しい態度のわけを納得した。写真は二点。一点はきのう昼食をとったイタリアンレストランから二人が出てくるところで、もう一点は二人がパリのシェ・ルネで口論しているところだ。見出しは、〝ギリシア人富豪、愛人とよりを戻す。ペトロニデスは子供の父親であることを認めたのか？〟とあった。

記事はアレクサンドラを〝有名なフランス人モデル、ザンドラ・フォーチュン〟で、同時に〝静かな人生を送るアレクサンドラ・デュプリー〟だと報じていた。

アレクサンドラの二重生活の理由と、彼女の妊娠のせいでディミトリとフィービ・レオニデスとの結婚が破談になったことについて、記者は憶測をめぐらしている。自分は父親ではないと言ったディミトリの言葉も引用されている。誰かが盗み聞きでもしたのだろうか。

さらに記事は、ディミトリは今では子供の父親であることを認めているらしい、そしてディミトリとアレクサンドラの結婚の可能性があることを述べて、終わっていた。

吐き気がこみあげ、アレクサンドラはバスルームに駆けこんだ。背後で、ディミトリが濡れタオルと水を持って待っている。アレクサンドラが顔をぬぐい、口をゆすぎおえると、ディミトリは彼女を抱きかかえるようにして居間に戻り、クリーム色のソファにそっと座らせた。

「食べ物を注文するよ。いいね、僕のベイビー」

アレクサンドラは完全に気が動転していた。母の怒りと失望が想像できるだけに、目を合わせることもできない。母の世間体を守るために、数年間にわたって二重生活を送ってきたというのに、ゴシップ記事ひとつですべてが水の泡だ。

「ディミトリ、全部知られてしまったわ……。私たちの関係も、おなかの子も、ザンドラ・フォーチュンのことも」

ディミトリは彼女の唇に指を当てた。「しいっ。大丈夫だから。僕を信用してくれ。さて、何が食べたい？」

「薄切りトーストと、果物を少し」

ディミトリは苦々しい表情で首を振った。「それではきみと赤ん坊に充分な栄養とは言えない。薄切りトーストと果物、それに何か料理も頼もう」

「どうせ自分の思いどおりにするのなら、どうして私に何が食べたいかきくの？」アレクサンドラは不機嫌な声をあげた。

ディミトリが相好を崩す。「さあ。きみの声を聞きたいからかな」

およそ淑女らしくもなく、セシリアが鼻を鳴らした。ディミトリとアレクサンドラに自分の存在を思い出させるために。

ディミトリはアレクサンドラの母親に向き直った。「ご心配はわかりますし、僕の力の許すかぎり事態の改善にあたります。ですが、あなたがお嬢さんに説教するのを許すわけにはいかない。アレクサンドラは今、弱っているんです」

「よくも私にそんな口のきき方ができるものね」

「何か飲み物でも？」セシリアの怒りを無視してディミトリは尋ねた。

彼の精神力が自分よりも上まわっていると気づいたからか、セシリアはおとなしくなった。むっつりした表情で、寝椅子に向かいあって置かれた肘掛け椅子に腰を下ろす。「紅茶をいただけば気が静まるかもしれないわ」

「では、さっそく注文しましょう」

ディミトリは受話器をとりあげ、ルームサービスを頼んだが、セシリアの動きを見張るかのように、体は母娘に向けていた。アレクサンドラはディミトリの気づかいがうれしかったし、正直なところ、母親の攻撃を受けずにすむのはありがたかった。受話器を戻したディミトリは、アレクサンドラの横にある小さめのソファに座った。そしてまず彼女を元気づけるかのように手を握りしめてから、セシリアに最高の笑顔を見せた。

「ミセス・デュプリー、自己紹介させてください。ディミトリ・ペトロニデスです」氷をも解かす笑みを浮かべたまま立ちあがり、セシリアに握手の手をさしだす。「結婚を考えている女性の母上にお会いできて光栄です」

アレクサンドラは息をのんだ。そして、レモンをかじったばかりのような母の表情が、一瞬にして計算された愛想のいい顔に変わるのを見た。セシリアは、完璧にセットされたくすんだブロンドの髪を必要もないのに手で整えてから、ディミトリにほほ笑みかけた。

「セシリアと呼んでくださらない？　結婚はまさに、今回のスキャンダルを静めるでしょうね。すでにそのおつもりと聞いて安心しました。六年前から、アレクサンドラは言うことを聞かない子でしたけど、最近はとくにひどくて」

アレクサンドラは歯ぎしりした。「私は結婚するなんて言ってないわ」

セシリアは手を振り、アレクサンドラの言葉を聞き流した。「もちろんしますとも。さあ、計画を立てましょう。これ以上のスキャンダルを避けるためにも、静かなお式にしないと」

アレクサンドラはディミトリの存在も、彼との別れも、母には何ひとつ話していなかった。しかし今となっては、それを知ったところで母の気持ちが変わるとも思えない。セシリア・デュプリーの頭のなかにあるのは、赤ん坊は結婚のあと。それだけだ。体面を保つために、アレクサンドラは結婚しなくてはならないのだ。

「今は中世じゃないのよ。私の気持ちを無視して、お母さんが結婚を決めることはできないわ」

「アレクサンドラ、新聞の記事は本当なの？　この人があなたのおなかの子の父親なんですって？」

アレクサンドラは声も出ないほど凍りついた。イエスと言えば、母の思いどおりになってしまう。

「そうです」アレクサンドラが口を開こうとしたとき、ディミトリが答えた。

「だったら、この人と結婚することになんの問題もないじゃない」

「大ありよ」母とディミトリが発するプレッシャーがアレクサンドラには不愉快だった。

「ひとりで産んで育てることにはなんの問題もないわ。それがママの気に入らないなら、悪いけどあきらめて」言いきったことにアレクサンドラは満足した。

それも、母の目に涙がたまっているのを見るまでだった。「娘のライフスタイルを誰かに見破られるのではないかと、心配して暮らした六年だけでも耐えがたかったのに、世間に知られてしまったのよ」

アレクサンドラは感情を揺さぶられた。母親の涙が、彼女の南部淑女ぶりと同じように計算された演出だと知ってはいても。

こんな話を続けていてもらちがあかない。アレクサンドラは違う質問をした。「お母さん、どうしてニューヨークに来たの？」

新聞に記事が出たのは今朝だ。母がニューヨークへ来ようと思ったのはそれ以前のはず。

セシリアは鼻をすすり、涙に潤む目で訴えるようにディミトリを見た。「アレクサンドラと話をしに来たのよ、クリスマスの前に和解しようと思って。クリスマスは家族みんなで過ごすものでしょう？　それなのに、この子は頑固で。不幸な成り行きを収拾して、スキャンダルを避けようという気がないんですもの。今だって、あなたと結婚したくないなんて言って。私が心配のあまり具合が悪くなっても不思議はないでしょう？」

「僕の子供ができたことを、不幸な成り行きとは思わない」ディミトリが冷たく言い放つ。「あなたの娘がザンドラ・フォーチュンの名前でモデルの仕事をしたことが、あなたにとって悲劇だというのも、まったく理解できない。彼女が働いたおかげで、あなたも下の娘さんも暮らしてこられたんじゃないんですか？」

まあ、弁護にまわるとなったら、ディミトリは容赦がない。

「でも、モデルの仕事だけじゃないでしょう？　あなたの愛人、億万長者の慰み者だったのよ」ゴシップ記事の言葉を使ってセシリアが反論する。「そしてあなたの子供を身ごもった。デュプリー家始まって以来の醜聞だわ」

あまりにも不公平な母の言葉に、アレクサンドラのなかで怒りがはじけた。「私がモデルをしたことは失敗なんかじゃないわ。ディミトリの言うとおりよ。私がザンドラ・フォーチュンとして働かなかったら、みんなどうやって生活できたというの？　ママのドレス代やマデレインの学費は。自分では仕事もできないくせに」

母が息をのんだ。

ドアをノックする音に、ルームサービスを頼んだことを思い出した。会話を続ける前にアレクサンドラに朝食をとるようディミトリが主張し、セシリアは迫害された殉教者のような表情でお茶を飲んだ。

食事が終わり、食器が片づけられると、ディミトリはアレクサンドラの隣に座ってウエストに腕をまわし、セシリアと視線を合わせた。「これだけははっきりさせておきたい。第一に、僕はあなたのお嬢さんと結婚するつもりです。第二に、結婚式はペトロニデス家の花嫁にふさわしい盛大なものにします」

母娘とも怒りの声をあげたが、ディミトリは無視して立ちあがった。

「わざわざ会いに来てくださって、感謝します」ディミトリはセシリアの腕をとって椅子から立ちあがらせ、ドアまで案内した。「ただし、おわかりのように、アレクサンドラと僕は結婚式までにすべきことが山積みなので、またあらためてお目にかかって、計画を相談するということで」

ディミトリは、あたかも、アレクサンドラとセシリア二人の賛成をとりつけているかのように話しつづけながら、セシリアの退室を誘導した。

ディミトリが呼んだ車に、セシリアは淑女然とした堂々たる足どりで乗りこみ、ホテルをあとにした。見送ったディミトリは無人のエレベーターに乗り、スイートの階を押した。

妊娠が明らかな姿で式を挙げるのは、アレクサンドラにとっては耐えがたい恥だと、セシリアは言っていた。そうなのだろうか？　アレクサンドラは修道女から教育を受けたという。それなら、大規模な結婚式自体、いやがるかもしれない。

彼女にショックを与えたゴシップ記事が世に出たのは自分のせいでもあることに、ディミトリは動揺していた。二人で昼食をとったレストランの外にパパラッチがいたのは気づいたが、いつものように護衛に追わせようとしなかったのだ。もちろん、追わせたとしても記事が出るのを止められるとはかぎらないが。とはいえ、ディミトリの行動はたしかに破れかぶれだった。

なんとしてもアレクサンドラに結婚を承諾してもらわなければ。

アレクサンドラ自身のために。なぜなら、彼女は僕を必要としているから。

生まれてくる赤ん坊のために。なぜなら、赤ん坊はペトロニデス家の子なのだから。

僕自身のために。なぜなら、僕はアレクサンドラを必要としているから。

そして、ひとつ目の約束が取り消しになったとき祖父にした二つ目の約束のためにも。

アレクサンドラを見つけだせれば、あとは簡単だろうと思っていた。パリを去る前、彼女はたしかに結婚を望んでいたのに、今は、結婚するくらいなら一生煉獄で過ごしたほうがましだと言わんばかりの態度だ。言葉では否定しても、アレクサンドラは間違いなく僕を憎んでいる。かつて一緒に暮らしていたころのアレクサンドラの温かいまなざしを、ディミトリは悲しく思い浮かべた。僕のためだけに見せてくれたあのほほ笑み。親密で特別な笑みを。こうして失うまで、当然だと思っていた。二人の関係が真剣だということを無視していたのだ。

将来、アレクサンドラと家庭を築くことなどありえないと信じこんでいた。

野心的なファッションモデルとして仕事が最優先で、そのうち別れをきりだしてくるだろうと思っていた。それを認めるのはつらかったが。ディミトリはアレクサンドラに家族がいることも、彼女がスーパーモデルになる気がないことも、知らなかった。その無知のためにこの数カ月間、アレクサンドラの居場所と、妊娠した彼女の健康状態を心配しなければならなかったのだ。

母親が置いていった新聞を読んでいるところへディミトリが戻ってきた。

アレクサンドラは顔を上げた。「ひどいわ。私たちの関係や、自分は父親じゃないとあなたが言った理由についての憶測も。こんな話、どこから出てきたのかしら？」

ディミトリは肩をすくめた。「フランスとギリシアでは数週間にわたってマスコミをにぎわせていたし、ロンドンの新聞にも載った。きみのエージェントが引退を発表したのと、その理由がもっと静かに暮らすためということだったので、妊娠の噂（うわさ）が信憑（しんぴょう）性を増したんだ」

ディミトリとフィービの婚約記事が発表されて以来、ヨーロッパの新聞や雑誌を見ないようにしていたアレクサンドラにとっては、すべてが初耳だった。もちろん、アメリカのマスコミには流れていなかった。フランス人ファッションモデルとギリシア人富豪のゴシップなど、一般的なアメリカ人の興味をそそらないから。少なくとも、彼女がアメリカ人だと判明しないうちは。

「どうしてザンドラがアレクサンドラだとわかったのかしら？」疑問が声に出た。

「残念ながら、どこへ行っても僕はパパラッチに追いかけられている。僕らが一緒のところを見られたら、あとは時間の問題だ」

「でも、これまでは誰も私がザンドラだと気づかなかったのに」

「そのほうが信じがたいよ」

アレクサンドラはかすかに笑みを浮かべた。「たしかに、あなたはすぐに気づいたわね」

「ああ」

「あなたは私がザンドラだと確信があったみたいだけど、私は間違いなく変わったでしょう?」

「きみは僕の女だ。暗闇でもわかる」

「そうね」情熱的だった昨夜を思い出し、切ない声を出した。

ディミトリが不敵な笑みを浮かべる。

「セックスがすべてじゃないわ」アレクサンドラは警告した。

「でも、始まりではあるだろう?」ディミトリはアレクサンドラの隣に腰かけ、ふくらんだおなかに手を当てた。「それに僕らにはこの子もいる」

彼の言葉を信用できたらいいのに。そう思いながらも、アレクサンドラは疑念を捨てきれなかった。ディミトリが結婚を望む裏には何かほかに理由がありそうだ。「私と結婚したいのは、子供の人生にもっとかかわるため?」

「もちろんそれもあるが、それだけじゃない」

「じゃあ、何?」

「僕らのあいだには特別な何かがある。そう言ったのはきみだ。それをとり戻したいんだ」

「不可能よ」

「この世に不可能などない」

ディミトリが自分を愛するようになると信じることは不可能だ。「そうかしら」アレクサンドラは自分の欲望と理性が相反している現実を、痛みをもって自覚した。ディミトリと結婚したい。でもそうしたら、もっと傷つくことになる。

「僕との結婚を拒否すれば、お母さんは打ちのめされるだろうな」

それはよくわかっている。「母の感情に私の人生を左右されたくないの」

「だったら、どうして六年間もお母さんの体面を守るために二重生活を送っていたんだ?」

「アレクサンドラ・ペトロニデスとして生きるよりも、ザンドラ・フォーチュンとして生きるほうがずっといいもの」なぜこんなひどいことを言ったのだろう。かつて自分を傷つけたディミトリにお返しをするため? いずれにしても、言ったとたん罪悪感にかられた。

ディミトリの青い目が怒りで光った。「僕たちの子供のことを考えろ。デュプリー家のはみだし者の私生児として生きるより、ペトロニデス家の嫡子として生きるほうがずっといいはずだ」

アレクサンドラの目に涙があふれた。

ディミトリはギリシア語で悪態をつき、彼女を抱き寄せた。「泣かないでくれ。きみに泣かれたら耐えられないよ」

「じゃあ、パリを離れて一カ月間、私のそばにいなくてよかったわね。私、泣いてばかりだった」しゃくりあげたアレクサンドラは、彼にきつく抱きしめられ、その痛さに声をあげた。

あわててディミトリが力をゆるめた。「傷つけるつもりはなかったんだ」

今のことか、それとも五カ月前のことを言っているのだろうか？

アレクサンドラはじっと彼を見つめた。「ご両親のことを教えて。一度も話してくれないわね」

ディミトリが唇を引き結んだ。

「家族のことを話してもくれない人と結婚すると思っているの？　おじいさまと弟さんに紹介されたこともないのに」

「弟は結婚式に招待する。祖父は、残念ながらまだ旅行はできない。ギリシアに行ったときに紹介するよ」

「ギリシアに行くって、どういう意味？」

「僕らはギリシアに住むんだ」

「私がニューヨークに住みたいとしたら?」

「そうなのか?」

ディミトリが見ている。アレクサンドラは視線をそらした。「まさか。子供を大都会で育てるのはいやだもの」

「よかった」ディミトリは彼女の顔を包み、視線をとらえた。「ペトロニデス家は、アテネ近くの小さな島にある。漁村があるだけの島だ。子育てには最高の環境だよ。そこで育った僕が保証する」

それはたしかに魅力的な話だった。

9

「あなたと結婚しても、離婚されたら、子供はあなたのものになるかもしれないのに」アレクサンドラはもっとも恐れていることを口にした。

ディミトリが立ちあがった。「僕がそんな仕打ちをすると思うのか?」

アレクサンドラは否定したかった。彼はひどく怒っているように見える。「わからないわ。あなたに関しては、自分の直感が信用できないんですもの」

「結婚は永遠だ。離婚なんてしない」そう言わなくてはならないこと自体、ディミトリは腹を立てているのだ。自尊心が傷ついたのだろう。なぜかそれはアレクサンドラにもつらかった。「きみのおなかにいる赤ん坊も、将来生まれてくる赤ん坊も、みんな、母親と父親のいる家庭で育つ」

「もっと子供が欲しいの?」考えてもみないことだった。

「ああ。きみはひとりしか欲しくないのか?」そんなことは考えたくない。

「いいえ。少なくとも二人欲しいわ。できれば四人くらい」

「その前に、僕と結婚したほうがいいと思わないのか?」

「子供のために?」アレクサンドラはきかずにいられなかった。そうではないと言ってほしい。

「子供のためであると同時に、きみ自身のためでもある」

「あなたと結婚したら働く必要がないから、という意味?」

「結婚のいかんにかかわらず、仕事をする必要はない。今後、きみと子供は僕の責任だ」

「ありがとう」その男らしい顔を見れば、彼が本気なのはわかった。

「未婚の母でいるより、僕と結婚したほうがきみは幸せになれる」

「そう思う?」

「事実だ」

「なぜそんなに確信があるの?」

「きみが幸せになるために必要なものを、すべて僕はさしだせる」

そう、愛情以外はなんでも。アレクサンドラは悲しく思った。もっとも、情熱はもらえるだろう。昨夜それが証明された。そして助けてももらえる。今朝、母と対決したときのディミトリの態度はうれしかった。

「母が安心するのはたしかね」

ディミトリの顔に計算高い表情が浮かんだ。「僕と結婚してくれたら、デュプリー家の家屋敷を買い戻す。お母さんが一生そこで暮らせるよう、使用人も雇おう」

あまりにも気前のいい申し出に、アレクサンドラは驚愕した。私と子供のことはともかく、母の面倒まで見ようとは。

「ママはあなたのとりこになるわ」

「ああ」そこでディミトリは眉を寄せた。「大規模な結婚式は、きっときみがいやがるだろうとお母さんが言っていたけど、そうなのか?」

「いやがる?　あなたと結婚することを?」アレクサンドラはいぶかしげに問い返した。

「おなかが大きい姿で盛大な結婚式を挙げるのはいやだろうと言っていた」

「妊娠を恥だとは思わないわ」結婚前に妊娠したことには当惑したけれど、恥ではない。

ディミトリの表情がやわらいだ。「きみのおなかに僕の子供がいることは、僕の誇りでもある」

アレクサンドラは伝統的な結婚式を思い浮かべた。純白の衣装に身を包んだ花婿と花嫁。白いベールをかぶり、一メートル以上の長い裾を引いて通路を進む花嫁。

「目が輝いているね。何を考えているんだい?」

頬を赤らめながらも、アレクサンドラはすなおに白状した。「くだらないと思うでしょうけど、純白のウエディングドレスを着るのが夢だったの。裾が長くて、ベールにレースがたっぷり使われているのが」ため息をつき、おなかに手を触れる。「でもこの体形で白のドレスは変よね」

ディミトリはソファに戻り、アレクサンドラのそばに座って手をとった。「白は純粋な心の象徴だ。変なわけがない」

胸が詰まり、アレクサンドラは肺に空気をとりこもうとした。「本当に？」

ディミトリの顔が近づいてくる。キスの予感にアレクサンドラは目を閉じた。両方のまぶたに、頬に、そして唇に、触れるか触れないかのさりげないキスをされる。アレクサンドラの唇が自然に開き、そこからキスが深まった。

キスの余韻にうっとりしたまま、彼女はディミトリにほほ笑みかけた。「白いドレスを着たほうがいいと思う？」

「もちろん」

「じゃあ、着たいわ」

「つまり、僕と結婚するという意味かい？」

それ以外の選択肢があっただろうか？　しかしアレクサンドラも自尊心を傷つけられたくなかったので、こう言った。「赤ちゃんのためにそれが望ましいもの」

柔和な表情がこわばり、おもむろにディミトリが立ちあがった。「一週間以内に式を挙げたい。急いで計画しないと」

「一週間？　ドレスはまにあうの？　教会はどうするの？」

「すべて僕が手配する」

アレクサンドラは反論しなかった。億万長者ともなれば、急な結婚式でもどうということはないのだろう。「だけど、ウエディングドレスは自分で選びたいわ」

「仰せのとおりに」

ディミトリは電話に向かった。すっかりビジネスライクな雰囲気になっている。

「ディミトリ?」

彼が振り向いた。「何?」

「本当に結婚したいの?」

ディミトリが声に出して笑う。「もちろんだよ」

「でも、私が結婚にイエスと言ったとたん、表情が暗くなったわ」

ディミトリは引き返してきて、彼女に腕をまわした。「暗くなんかないさ、かわいい人(ペティ・ムー)。式の準備に気をとられているだけだ」

納得のいく答えだった。それに、ディミトリの腕のぬくもりがアレクサンドラを安心させた。「わかったわ」あくびをしながら答える。

ディミトリは彼女を寝室のほうに向け、優しくお尻をたたいた。「少し昼寝したほうがいい。妊婦には休息が必要だよ」

ディミトリが指さしたのは彼の寝室のほうだった。アレクサンドラは満ち足りた気持ちでその言葉に従った。彼がまた両親の話題を避けたことに気づいたのは、眠りに落ちる寸前だった。

ディミトリは番号も押さず、受話器を握りしめていた。アレクサンドラが結婚に同意してくれた。だが、子供のためにとはっきり言われた。彼女自身が結婚したいわけではなく。今は、結婚への同意が得られただけで満足するべきだ。そして徐々に信頼をとり戻せばいい。僕が二度と別れたりしないとわかってくれれば、アレクサンドラはまた僕の前で喜びに顔を輝かせることができるだろう。

少なくとも、祖父との二つ目の約束は守ることができた。

「緊張しているね。どうした？」

アレクサンドラはウエディングドレスのスカートに使われているふんだんな量の布を、リムジンの座席の上で二、三センチ左にずらした。「披露宴にたくさんの人が来るから」

たくさんどころではなかった。ディミトリは信じられないほど多数のゲストを結婚式に招待していた。そして、全員が披露宴にも参加することになっている。ディミトリの弟のスピロスと、妻のフィービも含めて。

「もっと大勢の人の前で水着モデルをしたこともあるだろう」

それは事実だ。だが、観客のなかにディミトリの元婚約者と弟がいたことはない。「スピロスは私をとんでもない尻軽女だと思っているかしら?」

ディミトリはひっぱたかれでもしたようにたじろぎ、目に怒りの炎を燃やして言った。「なぜそう思うんだ? 僕と結婚するから?」

ペトロニデス・コーポレーションの有能な経営者だというのに、ディミトリの意思疎通のお粗末さはどうしたことだろう。「もちろん違うわ。スピロスはゴシップ記事を読んでいるでしょう。だから、フィービが恥をかいたのは私のせいだと思っているはずよ」

「弟はきみを責めたりしてないよ」

「そんなことありえないわ。だって、私はあなたの愛人だったのよ。私のせいで、スピロスはフィービと結婚しなければならなくなったんですもの、間違いなく憎んでいるわよ」

ディミトリはアレクサンドラの顎に手をかけ、真正面から視線をとらえた。「スピロスはきみを責めたりしていない。きみがフィービの存在を知らなかったと知っているから。あいつは、誰が責められるべきかわかっている。僕だよ」

「でも実の兄弟ですもの、許してくれるわ」私が何度でも母を許したように。「彼が私を憎もうと、それは彼の勝手だけど」ディミトリが笑った。本当に愉快そうな笑い方に、アレクサンドラは腹が立ってきた。「おかしくないでしょう。妊娠六カ月で結婚式を挙げるのに、あなたのご家族に挨拶もしたことがない花嫁なんて、とんでもないご都合主義の女だと思われているに違いないわ」

「それについても悪いのは僕だと、スピロスも祖父も承知している。心配いらないよ、アレクサンドラ。スピロスはフィービとの結婚に満足しているし、甥が生まれるのを楽しみにしているんだ。どちらもきみのおかげなんだから。あいつはきっときみが好きになるよ」

アレクサンドラはまだ納得していなかったが、リムジンが停車し、ドアが開けられた。ディミトリがアレクサンドラを抱きあげた。

彼女は金切り声で抵抗した。「車から降りるときだけ手を貸してくれればいいのよ、会場までは自分で歩くわ！」

ディミトリが高らかに笑った。本当に彼らしい笑い方は、パリで別れて以来だった。

「まかせてくれ」

彼はアレクサンドラを抱いたまま、披露宴会場であるホテルの大広間に入っていく。大歓声が二人を迎えた。続く一時間は、次々とお祝いの言葉を述べる招待客の相手をして費やされた。

大広間のまわりを囲むように配置された、アン女王朝様式の肘掛け椅子に、アレクサンドラは腰を下ろした。広間の中央にはダンスのための空間があけてある。アレクサンドラはディミトリと踊るのが楽しみだった。

「結局、それほど悪い男でもなかったみたいね」

隣の椅子に座ったマデレインに、アレクサンドラはほほ笑んだ。「ねえ、マディ、すてきだと思わない?」彼女は披露宴会場と上品な招待客のほうに手を広げた。実際、アレクサンドラは幸福感に酔いしれていた。これが、赤ん坊のための愛のない結婚だとは信じられないほど。すべてディミトリのおかげだ。「結婚式もすごかったわね」

マデレインがにこりと笑う。「ええ。花嫁の付き添い役としてはとても楽しかったわ。馬車で登場するのも気がきいていたし。教会のなかは紅白のポインセチアと緑の羊歯がふんだんに飾られていて、会衆席が見えないくらいだったしね」

「特別な思い出になるよう、ディミトリが全部とり計らってくれたの。この一週間、どんな結婚式にしたいか何度もきかれたわ。私の夢を全部かなえたいからって」

「そうするのが当然だろう?」ディミトリが背後から声をかけた。アレクサンドラのそばに立ち、襟が大きく開いたデザインのウエディングドレスからのぞいている肩に手を置く。「結婚式は人生一度しかないんだ。夢をかなえなきゃ」

アレクサンドラは彼にほほ笑みかけた。「まさに夢のとおりよ」

ディミトリが身をかがめて、アレクサンドラの唇に優しくキスをする。「よかった。それだけが僕の望みだ」

真実を知らなければ、ディミトリの言葉は恋に落ちた男性のようだと思っただろう。デイミトリが私を愛していないことはわかっているけれど、それでも、これほど手間をかけて夢をかなえてくれたということは、大切に思ってくれているのではないかと思える。

「また花嫁さんに見とれているのかい?」ディミトリより明らかに若く、目が濃い茶色だという違いを除けば、双子のようにそっくりの男性が、ディミトリの背中をたたいた。

「あとでたっぷり時間はあるじゃないか」

アレクサンドラの肩に置かれたディミトリの手に力がこもった。彼女の不安を察して、安心させるかのように。

ギリシア的な美しい顔立ちと、若々しいすなおな雰囲気の女性、フィービが笑った。

「お兄さんをからかうなんて悪い人。結婚式の日に自分の花嫁に目を細めるのは男性の特権よ」

スピロスとフィービの結婚式の写真を見て、それはフィービ自身も経験したことだろうと思い、アレクサンドラは自分の思いを口にした。

かわいらしく頬を染めた妻の肩にスピロスが腕をまわした。「そのとおり」

アレクサンドラはほほ笑んだ。見るからに幸せそうなお似合いのカップルだ。そもそも、優しそうで年の若いフィービを、ディミトリのように強烈な男性の相手にと考えていたペトロニデス家の人々が不思議に思えるほどだった。

「結婚式当日だけじゃない。僕は今でも妻に見とれるよ」マデレインの隣の椅子に腰を下ろしたハンターが言った。

マデレインは満足げな顔で称賛の言葉を聞いている。自分の問題が妹夫妻のあいだに立てた波風が過去のものとなったのを感じて、アレクサンドラは安心した。

六人はしばらくおしゃべりしていた。驚いたことに、マデレインがディミトリに〝家族になれてうれしい〟とまで言い、ディミトリはふだんの彼からは信じられない謙虚な態度でお礼を口にした。

そしてアレクサンドラに顔を寄せてきく。「そろそろ行こうか？」

「まだ踊ってないわ」

ディミトリがほほ笑む。「ダンスも披露宴のうちってことなんだね？」

アレクサンドラはうなずいた。甘やかすような彼の態度がうれしい。

ディミトリがアレクサンドラの手をとり、広間の中央にいざなった。立ったままおしゃべりをする招待客が何人かいるだけだ。新郎新婦が出てきたのを見て、オーケストラが演奏をゆったりしたワルツの曲に替えた。

アレクサンドラとディミトリは伝統的なワルツのポーズをとった。アレクサンドラは、十九世紀の舞踏会にデビューする貴族の娘になったような気がした。ディミトリのリードは申し分なく、アレクサンドラは彼の腕に抱かれて踊る気持ちよさに酔いしれた。

ほかのカップルも続々と加わった。マデレインとハンター、フィービとスピロスも。

アレクサンドラは首を傾け、ディミトリの目を見た。「ありがとう」

「踊ったことへのお礼？」ディミトリの笑顔はいたずらっぽい。

「全部よ。結婚式も。ママを落ち着かせてくれたことも。マデレインと仲よくなってくれたことも。デュプリー家の家屋敷をママのために買い戻してくれたことも。それも一週間以内に。びっくりしたわ」

「きみを幸せにしたいんだ、かわいい人（ベティ・ムー）。そう言っただろう？」

「ペトロニデス家の男性は、妻の幸せのために犠牲を払うものなの？」

ディミトリの彫りの深い顔に一瞬、陰りがよぎった。「僕の家族はそうだ」

「まあ、将来に希望が持てるわ、いとしい人（モン・シエール）」

ディミトリの動きが止まった。

「どうしたの？」アレクサンドラは心配そうにきいた。足を踏んでしまったのだろうか？

「もう一度言ってくれ」

「え？」そこで彼女は気づいた。再会して以来一度も、彼を親愛の情のこもった言葉で呼んでいなかった。ベッドで愛を交わしているときでさえ。

今となってはディミトリを全面的に受け入れるしかない。この一週間、信じられないほどの幸せを与えてくれたのだから。アレクサンドラは爪先立ち、キスを交わそうとディミトリの首に手をかけた。

「愛する人（モン・シェール）」彼の唇にささやく。

それは、欲望のかけらもない穏やかなキスだった。二人の絆（きずな）が修復したことを静かに祝うキス。記憶と、そして再生の誓いを胸に。

三時間後、二人はディミトリの自家用ジェット機に乗っていた。アレクサンドラは、ハニーゴールドのゆったりしたセーターにアーモンド色のウールのストレッチパンツという、楽でなおかつシックな装いに着替えていた。メインキャビンの小さなソファでくつろぎながら、客室乗務員が持ってきてくれたジュースで喉を潤す。

「三十分以内に離陸する」コックピットからメインキャビンに戻ってきたディミトリが告げた。

彼も着替えていた。黒いTシャツの上に重ねたグレーの丸首セーターはアルマーニ製だ。それに黒いスラックス。ディミトリが長身をソファに沈めた拍子に二人の腿と腿が触れ、アレクサンドラの体に震えが走った。思わず、次にどこを触れられるかと期待がつのる。

「アテネまで何時間のフライトなの？」

ディミトリは肩をすくめた。「風による。八時間くらいかな」

「自家用機で助かったわ。一般の旅客機だと無理だったでしょうね」身重の体で狭い座席に座りつづけるのは大変だ。

ディミトリがアレクサンドラの頬を撫でた。「もちろん、そんなことをさせる気はないよ」そこで手が離れた。「妊娠後期で医者を変えても大丈夫かどうか、きみにききそびれていた」

「ニューヨークのお医者さんにギリシアで診てもらうわけにはいかないしね」アレクサンドラはほほ笑んだ。「私なら大丈夫よ」

「アテネで一流の産婦人科医に診てもらうことになっている。予定日の一カ月前からはアテネに住むようにと言われた」

「もう会ったの？」アレクサンドラはびっくりしたが、考えてみればディミトリの跡継ぎのことなのだから当然だろう。

「非常に評判のいい医者だ」

「もちろんそうでしょうとも」

「もし気に入らなければ、ほかの医者に変えることもできる」

ディミトリが自分の反応を気にしているのだと気づいて、アレクサンドラは驚いた。彼の手に手を重ねて言う。「大丈夫だから。本当よ。カルテの転送はもうすんだのかしら？」

「三日前にファックスで送られているはずだ」

「私、その件もサインした？」結婚届やギリシアの居住ビザ、その他、結婚式前に用意しなければならない書類が多かったので、アレクサンドラは何にサインしたのか、全部は覚えていなかった。

「ああ」

「出産には立ち会うつもり？」

「立ち会えればすごくうれしいけど、でも決めるのはきみだよ」

アレクサンドラはあっけにとられた。まず、ディミトリが出産に立ち会いたいと言ったことに。彼は決して新しい時代の男性というタイプではないから。さらに、最終的な判断をアレクサンドラにゆだねたのも意外だった。

「いてほしいわ」

「だったら、立ち会うよ。きみの出産を助けるために、夫婦で受けることができる授業があると聞いたんだが」

アレクサンドラはディミトリを見つめた。ショックのあまり、口もきけなかった。

「どうした？　そういう授業はいやかい？　初めて母親になる女性にはとくに有益だと聞いたんだ。検討してみたらどうかな」

「ずっとそのつもりだったの」アレクサンドラは声を絞りだした。

「僕が一緒だといやかい？　コーチ役が必要だろう。夫として役目を果たしたいんだ」アレクサンドラに拒否されたかのようにディミトリが言う。

拒否なんかしていない。私が赤ちゃんの父親の協力を求めているのがわからないのかしら？　出産準備の授業をディミトリと一緒に受けられたら、と夢見てきたのだ。でも無理だとわかっていた。当時のアレクサンドラにとっての現実は、ディミトリのいない人生、そして、ひとりきりで子供を産むことだったのだから。

「コーチになって。お願い」アレクサンドラはわっと泣きだした。

ディミトリは呆然としている。感情的になっていなければ、彼女には滑稽に見えただろう。

「アレクサンドラ、いったいどうしたんだ？」

彼女は泣きやもうとしたが、涙は止めどなくあふれ、頬を伝う。

「動揺するのは体によくない」

「わ、私、動揺なんかしてないわ」

「おいで」ディミトリはアレクサンドラが持っていたグラスをテーブルに置き、腕をまわして膝の上に座らせた。「泣いている理由を教えてくれ」声には絶望的な響きがあった。

「あなたが出産に立ち会ってくれたら、と何度も考えたの。だけど、目が覚めると私はいつもベッドにひとりきり。赤ちゃんが初めておなかを蹴ったときも、あなたに電話したかった。でも結婚していると思っていたから……寂しかった……」

ディミトリは抱きしめる腕に力をこめ、ギリシア語でささやいた。小声で早口のギリシア語は、アレクサンドラには聞きとれなかったが、優しい口調に心が安らぐのを感じた。

そして、ディミトリの腕のなかで彼女は泣きつづけ、彼を失ったと思っていた数カ月間の苦痛を吐きだした。

しばらくして、小さなしゃっくりを最後にアレクサンドラは泣きやんだ。ディミトリが小さな子供にするように彼女の頬を手でぬぐう。アレクサンドラは目を潤ませたままほほ笑んだ。「あなたはいいお父さんになるわ」

ディミトリはそれには答えなかった。「二度ときみをひとりにはしない」

それは心強い誓いの言葉だった。ディミトリの言葉と、彼の瞳に見てとれる将来への約束を受け止め、アレクサンドラはうなずいた。

10

アレクサンドラの涙が、ディミトリをたまらない気持ちにさせた。パリを出て一カ月、こんなふうに泣き暮らしていたのだろうか？　そう考えるだけで、ディミトリは鋭い痛みに胸を切り裂かれた。

僕の大切な人。愛する妻。一度は失いそうになった女性。二度と放すものか。アレクサンドラが僕を求めたとき、僕はそこにいなかったのだ。もう泣かせるようなことはしない。

ディミトリはようやく理解していた。極端なほど仕事熱心なファッションモデルという仮面の奥に隠されていたアレクサンドラの真の姿を。彼女は家族を経済的に支えていたのだ。母親を、そしてつい最近ハンターと結婚するまでの妹を。アレクサンドラが、しばしば僕と過ごす時間よりモデルの仕事を優先していたのもうなずける。彼女にはお金が必要だったのだ。

アレクサンドラを抱くディミトリの腕に自然と力がこもった。彼女は僕の腕にしっくりとおさまる。赤ん坊を宿したおなかを、二人でとり囲むような体勢だ。アレクサンドラの涙はおさまってきたが、まだ完全に止まったわけではない。激しい感情の発露を静める方法を、ディミトリはひとつしか思いつかなかった。

彼女の顔を上向かせ、涙で濡れた唇を自分の唇で覆いながら、ディミトリの全身に喜びが走った。アレクサンドラは僕のものだ。法律の面でも、感情の面でも。彼女の唇は甘く、その反応はもっと甘美だ。アレクサンドラが唇を開き、小さなあえぎ声をもらすと、ディミトリはある決意を持ってキスを深めた。

悲しみを忘れ、代わりに喜びを感じてほしい。僕の腕のなかで。

欲望のままにディミトリはアレクサンドラの唇を奪った。彼の肩に腕をまわし、彼の舌に応えるアレクサンドラもまた、官能にすなおに身をまかせているようだ。

ディミトリは彼女に触れたかった。セーターの裾から手を忍ばせたちょうどそのとき、キャビンの前方から物音がし、ディミトリはわれに返った。自分たちは今、離陸直前の自家用機のなかにいるのだ。まもなく客室乗務員がシートベルトの着用を確かめに来るだろう。すでにラブシーンを見られてしまったかもしれない。ディミトリは理性の力でアレクサンドラから体を離した。

アレクサンドラは最初わけがわからず、ディミトリの腕のなかに戻ろうともがいていたが、同じように自分たちがどこにいるかふいに思い出したらしい。欲望に光っていた目が大きく見開かれ、恥ずかしそうに頬が赤らんだ。

セクシーな脚をゆったりと覆うパンツの上からセーターの裾をきちんともとに戻す。

「ここがどこか忘れていたわ」

「僕もだ」

アレクサンドラは、調理室で忙しそうにしている客室乗務員の様子を横目で見た。

「大丈夫。向こうも困っているから」ディミトリが安心させるように言う。

「それで慰めているつもり？　蜘蛛を怖がらなくても大丈夫、向こうもきみを怖がっているから、って言われているようなものだわ」アレクサンドラの頬はすでに真っ赤になっている。

どうしても触れたいという欲求を抑えきれず、ディミトリは彼女のうなじに手をやった。

「どちらも真実だ」

アレクサンドラは調理室にいる客室乗務員の様子をもう一度うかがった。二人きりにしてあげようと配慮してか、こちらに背を向けている。

ディミトリは彼女のうなじの繊細な肌を親指で撫でた。「高度に達したら、比較的プライバシーを保てる寝室に移動できる」

アレクサンドラの顔にほほ笑みが浮かんだ。とても女性らしい誘うような笑みだ。「私が昼寝できるように？　妊婦は休息が必要ですものね。未来の父親がこの一週間、毎日言っていたわ」

ディミトリもほほ笑み返した。「もちろん、休息は約束する」

「前に、それともあとで?」質問するアレクサンドラの目には、ディミトリが二度ととり戻せないと思っていたいたずらっぽい輝きがあった。

大丈夫だ。二人はうまくいく。ディミトリは確信した。「あとで。ぜひともあとにしてくれ」


アレクサンドラは服を脱ぎ捨てた姿でディミトリの前に立っていた。彼の愛撫(あいぶ)によって火をつけられた欲望で全身が熱くなっている。ディミトリも一糸まとわぬ姿だった。彼の欲望の大きさは見た目に明らかだ。

ディミトリの青い目が、寝室の暗い照明にほとんど黒く見える。「きれいだ」

「そんなふうに見つめられると、本当にきれいだっていう気になるわ。実際は、ボールのようなおなかをした変な体形なのに」

「変だって?」ディミトリは野性をむきだしにしたような表情になった。「きみのおなかには僕の子供がいるんだ。そのおなかほどセクシーなものはない。きみが横を向いて僕の息子が宿る場所のシルエットが見えるたびに、興奮してしまうくらいだ」

アレクサンドラがわざと横を向いてみせる。誘うように。

ディミトリは彼女の思いを汲(く)みとり、獲物を狙(ねら)うジャガーさながらのすばやさで彼女を抱きあげ、ベッドに下ろした。待ちかまえていたはずのアレクサンドラが驚きの声をあげるほどの勢いだった。

そして自分もベッドに仰向けになり、彼女を上にさせる。アレクサンドラは開いた両脚でディミトリをはさむ形になり、情熱的なキスをした。

「深さは自分でコントロールして」ディミトリはそれだけ言った。

アレクサンドラはその言葉に従った。一センチずつディミトリをのみこんでいく。彼の高まりに満たされていく感触。今やディミトリの荒々しさを全部受け入れることはできなかったが、彼は腰を動かそうとはしない。その顔に浮かぶエクスタシーの表情は、彼が満足していることを示している。

深さをアレクサンドラに決めさせると、ディミトリは主導権をとり戻した。アレクサンドラのヒップをつかみ、ゆっくりと優しく彼女の体を上下させる。官能が溶けだすのを感じ、アレクサンドラは目を閉じた。

そのままゆったりと動いていたディミトリが、ついに速度をあげた。大きな快楽のうねりがアレクサンドラを包みこむ。ディミトリだけが与えてくれる究極の高みに向けて、体の内がとろけはじめた。アレクサンドラはあえいだ。これ以上自分の体を支えていられない。

ディミトリはアレクサンドラの状態を察知したようだ。ひとつになったまま、すばやくベッドの上で向きあうように横たわり、アレクサンドラの脚を自分の腿の上にのせさせた。そして、彼女のヒップを両手でしっかり支えながら、突きあげる行為を再開した。両手で自分の体を支える必要がなくなったアレクサンドラは、彼の胸板に指を遊ばせた。

ディミトリが身を震わせる。激しく突きあげるディミトリの動きに、アレクサンドラは声をもらした。繰り返し襲う快感の波に、アレクサンドラはわれを忘れた。

野獣のような雄叫(おたけ)びとともに、ディミトリも絶頂に達した。二人はエクスタシーの余韻に浸った。ディミトリが肩に手をすべらせると、アレクサンドラの全身にふたたび快感が走り、彼女はうめき声をもらした。

絶頂の余韻に震えつづけるアレクサンドラを、ディミトリが抱き寄せた。そして背中をさすりながら言う。「しいっ。大丈夫だよ」

アレクサンドラは泣き声で訴えた。「私、おかしくなったんだわ」

ディミトリの手が彼女をさすりつづける。「おかしくなんかないよ、いとしい人(アガペ・ムー)。あまりにもすばらしくて、体が驚いているだけだ」

アレクサンドラはため息をつき、ディミトリにすり寄った。「比較的プライバシーが保たれると言ったけど、さっきのあなたの声は機内の全員に聞こえたでしょうね」

「声を出したのは僕だけじゃないだろう?」

彼の胸元でアレクサンドラがほほ笑む。「答えるつもりはないわ」

男性的な笑い声がディミトリの胸を振動させ、彼女にも伝わった。「答えは必要ない。僕の耳にははっきり聞こえたからね」

二人はそのままの姿勢でしばらく何も言わずに寄り添っていた。やがてディミトリが立ちあがり、狭いシャワールームにアレクサンドラを連れていった。そこで丁寧に体の隅々まで洗われて、アレクサンドラはまた声をあげた。その後、ふたたびベッドに横たえられ、ディミトリに抱かれたまま彼女は眠りについた。

どのくらい眠っていただろう。目を覚ましたとき、寝室の照明は明るくなっていた。隣に横たわったディミトリがなんとも不可思議な表情でじっと見つめている。

アレクサンドラは彼にほほ笑みかけた。「おはよう。ずっと見ていたの?」

「きみの寝顔は美しい」

すぐさま笑顔が消えた。「髪の毛はぼさぼさだし、お化粧もしていないのに」

ディミトリの指が彼女の顔の輪郭をなぞる。「化粧なんかしなくてもきみはきれいだよ。それに髪もセクシーだ」

アレクサンドラはベッドの上に座った。「おなかがすいたわ」

「待って。何か食べるものをもらってこよう」

立ちあがったディミトリは、小型のクロゼットからとりだしたバスローブをはおり、メインキャビンに向かった。

しばらくして、食べ物をのせたトレイを持ってディミトリが戻ってきた。アレクサンドラの膝の上に置き、ローブを脱いで彼女の隣に体を伸ばす。トレイには、ワイルドライスと、マッシュルームスープ、ロールパン、それにブラウニーがのっていた。すべて平らげたアレクサンドラは、満足そうにディミトリにもたれかかった。

彼はトレイをすばやく床に置いて、アレクサンドラのおなかに手を当てた。おなかのなかで赤ん坊が蹴ったり転がったりしている。二人はそろって笑い声をあげた。

「僕の息子は元気がいい。フットボール選手にでもなるかな」

「それより、活発すぎて私たちを走りまわらせるかも」

「もしも母親に似ていたら、僕が白髪になるまで油断できないな」

アレクサンドラはほほ笑み、ディミトリの手に手を重ねた。「この子が自分の子供だとわかった理由、まだ話してもらってないわ」

「友人の話をしただろう」

「お医者さまの？　ええ、だけどそれじゃ理由にならないわ。あなたが父親である可能性がわかったことと、自分が父親だと確信するのは別だもの」

ディミトリは大きく息を吸った。「友人のニコスに医学的な可能性をきくずっと以前から、僕の子供だと思っていた」

「どうして？」

ディミトリの体がこわばるのを感じて、アレクサンドラは彼の肩から頭を起こし、まっすぐに彼の目を見つめた。

「両親は、僕が十歳のとき、雪崩にあって死んだ」

「ええ」それは、両親についてディミトリから聞いた唯一の情報だった。

「父が母を連れ戻す途中の事故だった。母が当時の恋人と過ごしていたスキーロッジから」

「当時の恋人?」

ディミトリがゆっくりうなずく。「母は何度も男性と恋に落ちた。父はそのうちの一回の相手だったにすぎない」

アレクサンドラは彼の心臓の上をなだめるように撫でた。「ああ、かわいそうに……」

彼女の哀れみが気にさわったのか、ディミトリが顔をしかめた。たぶんそうなのだろう。彼はとても誇り高い人だから。

「母が男と逃げたのは一度や二度じゃない。スピロスは父の子供ではないかもしれないという噂(うわさ)が流れたほどだ。父は鑑定を主張した。スピロスを愛していないからではなく、噂を静めるために。鑑定結果は白だったが、違っていたとしても、金の力で改ざんしたのではないかと思う」

「でも、どうしてお父さまは離婚しようとしなかったの?」誇り高いペトロニデス家の男性がそんな我慢をしたとは、信じられない。

ディミトリの眉間(みけん)のしわが深まった。「父は母に執着していたんだ。本人はそれを愛だと呼んでいたが。両親の結婚生活は実に波瀾(はらん)に富んでいた。ドラマチックな、幸福な時期もあったけど、結局は父の執着と母の移り気な性格が二人を死なせたんだ……。不愉快な話を聞かせてすまない」

ディミトリが最初アレクサンドラを信じなかった理由が、これでわかった。幼いころから母親の行状を見せつけられて、女性の貞節を信じられなくなったのだろう。

「世の中の女性がすべてあなたのお母さまみたいだというわけじゃないわ」

ディミトリは肩をすくめた。「浮気は別に珍しいことではない」

「だから私が二股をかけていると思ったのね？」

彼の母親は夫を裏切っただけでなく、息子の心にも傷を残したのだ。

「恥ずかしいけど、そのとおりだ」

「私が行き先を告げずに旅行したことが、あなたの恐怖心を刺激したのね」

「恐れていたわけじゃない」

わかったわ。「自分の気持ちは話したくないのね、そうなんでしょう？」なぜ今まで気づかなかったのだろう。

「ああ。きみがきくから説明しただけだ」

「お母さまの行動は、あなたが私を信用しなかった理由にはなるけど、あなたが認識を変えた理由の説明にはならないわ」

「きみは母とは違うと気づいたんだ」

アレクサンドラの胸に希望がわいた。私が彼の母親と違うとわかったのなら、いずれは信頼し、愛してくれるかもしれない。

「もちろんよ」好奇心がつのり、アレクサンドラはきかずにいられなかった。「いつわかったの？」

「パリのアパートメントに戻って、下着の上に置かれた妊娠検査スティックを見つけたときに」

「まあ」アパートメントでの最後の行動は無駄ではなかったのだ。

「あれは僕へのメッセージだったんだろう？」

「ええ」

「きみは、妊娠の事実を僕らの愛の行為に結びつけたんだ」

彼にちゃんと伝わっていたのだ！

「きみとの愛の日々を思い出して、きみが浮気しているはずがないという思いに至った。行き先も告げないきみの旅行については、まだ納得していなかったけど」

「でも、もうわかったでしょう」

「ああ」

ディミトリの表情が明るくなった。

「さて、話がすんだら、さっそくほかにしたいことがある」ディミトリはアレクサンドラの胸の頂を軽くつまんだ。

「まあ、驚いた」アレクサンドラは冗談めかすつもりだったが、その声はかすれていた。

祖父に会いに行く前にハネムーンを過ごしたいというディミトリの強い要望で、二人は一週間アテネで過ごした。観光客らしいあれこれを楽しみ、ベッドで思う存分愛を交わした七日間だった。

ディミトリに連れられて、アレクサンドラはアテネの産婦人科医の診察を受けた。通常の検診だけでは満足せず、ディミトリは超音波映像でも胎児の様子を確認したいと要求した。

前回と違って、今度は赤ん坊の頭と足が見分けられた。男の子なのがはっきり見てとれる。

喜びを共有しようと、アレクサンドラはディミトリの顔を見た。ところが、彼は大きなショックを受けたかのように呆然(ぼうぜん)としている。

「ミスター・ペトロニデス、どうされました?」医師が尋ねた。

「ディミトリ?」アレクサンドラも声をかけた。

彼女のほうを向いたディミトリの目は奇妙なほど輝いていた。「僕の息子だ。きみの体が育(はぐく)み、守っている。こんなすばらしい贈り物にどうやって感謝すればいい?」

アレクサンドラは面食らった。ディミトリにとって父親になることがこれほど大きな意味を持っていたとは思わなかった。彼女はうれしかった。「感謝なんていらないわ。この子は私への贈り物でもあるんですもの、いとしい人(モン・シェール)」

すると、ディミトリは百九十センチの長身を折り、診察台の上のアレクサンドラの唇に優しいキスをした。おなかに超音波用のジェルを塗ったままの姿で、アレクサンドラはキスを受けた。

医師が忍耐強く二人の様子を見ている。「どうやら甘いパパになりそうですね」

ディミトリが体を起こした。「たぶん」

アレクサンドラは幸福感に包まれた。

だが、祖父に会いに行く時間だと言われて、にわかに不安にかられた。

「私、おじいさまに嫌われていたらどうしようかしら?」アレクサンドラは不安そうに尋ねた。

「心配いらない。祖父がきみを嫌う理由はないんだから。きっと気に入られるよ」

11

テオポリス・ペトロニデスは、広々とした地中海様式の部屋でアレクサンドラを待っていた。その姿は、杖(つえ)をついているにもかかわらず、威風堂々としており、数カ月前に心臓手術を受けた七十一歳の老人にはとても見えない。彼はほとんど黒と言っていい青い瞳でアレクサンドラを見つめている。頭髪と同じ灰色の眉の下から向けられる力強いまなざしに、彼女は落ち着かない気分になった。

「これがわしの新しい孫娘だな?」テオポリスがゆったりと手をさしのべた。「さあ、こっちへ来て、新しい家族に挨拶(あいさつ)しておくれ」

アレクサンドラは前に進み出た。老人の敬意を失わないよう、自信にあふれた物腰を演出して。テオポリスの肩に手をかけ、伸びあがって頬にキスをする。テオポリスが笑みを返すのを受けてから、もとの位置まで下がった。

「写真と違うな」テオポリスはディミトリに言ってから、アレクサンドラに顔を向けた。「今のほうがいい。自然だ。髪にはパーマも毛染めもない」そして品定めするようにアレクサンドラをじっくり眺める。「目もきれいなはしばみ色だ。人工的な緑色よりずっといい」

歯に衣を着せない老人の言い方に、アレクサンドラは笑みを噛み殺した。「ありがとうございます。こんなに地味になってはモデルの仕事は無理だろうと、ディミトリが――」

「僕はそんなこと言ってないだろう」ディミトリがあわてて口を開いた。

「孫がどうかしたのか？」同時にテオポリスも言う。

そして、三人でほほ笑みあった。

「そのころはつわりに苦しんでいて、本当にひどい顔をしていたんです」

テオポリスがディミトリに目配せした。「妊娠した女性に、ひどい顔だなどと言ってはいかん。本当に、丘の山羊が驚いて逃げだすくらいひどい場合でもだ。客室に寝かされるはめになるし、舟が沈むほどの涙を流されることになるからな」

「それは、亡くなったおばあさまから聞いたんですか？」ディミトリが尋ねた。

テオポリスは杖で床を鳴らした。「そうだ。太って見えるか、ときかれたんだ。樽のように太っていて、歩くのがやっとのときに。おまえの父親は生まれてきたとき五キロくらいあったからな。だから、太ったと思う、と答えたら、ソフィアがどうしたと思う？ムサカを投げつけおった。謝っても謝っても、テーブルの上のものを次々と投げられて、ついにわしは逃げだした」

「寝室から?」

「寝室に鍵(かぎ)をかけられてな」

「それで、別のベッドで寝たんですね?」ディミトリがからかうようにきく。

テオポリスが笑った。「おまえはわしに似ている。目の前の美人が同じことをしたら、

「おまえならどうする?」

部屋に鍵をかけたことと、その後のエロティックなシャワーを思い出して、アレクサンドラは微笑した。テオポリスの警備員がディミトリに鍵のあけ方を教えたというエピソードもうなずける。そう思ったら、アレクサンドラは笑いが止まらなくなった。

「どうやら、すでに経験済みらしいな」

ディミトリは答えなかったが、アレクサンドラの腕をつかみ、真っ赤な肘掛け椅子にほとんど強引に座らせた。「そんなに笑っていたら、赤ん坊に酸素がいかなくなる」そう言う彼の顔にも笑みが浮かんでいる。

笑いを静めようとアレクサンドラは大きく息を吸った。そしてもう一度。

テオポリスも彼女から離れた椅子に腰を下ろした。その顔に笑いじわが寄っている。

肘掛けの部分に腰をかけ、アレクサンドラのうなじに触れながらディミトリがきいた。

「スピロスとフィービはパリに戻ったんですか?」

「ああ。まずここに寄ってからな。新しい孫娘がいかにすばらしいか、早く報告したかっ

たらしい」

アレクサンドラは頬が熱くなるのを感じた。「二人にも、そしてあなたにも、恨まれていても仕方がないと思っていたのに、すごくよくしてもらって、感謝しています」

テオポリスはギリシア人らしく派手に手を振ってみせた。「なに、すべて丸くおさまった。わしの孫息子は二人とも結婚した。もうすぐ曾孫が生まれる。言うことなしだ。同時にたくさんの恵みをくだされた神に感謝しなくてはな」

テオポリスの心からの言葉に、アレクサンドラは感動した。そして衝動的に椅子から立ちあがり、老人の頬にもう一度キスをした。「ありがとうございます。すばらしい方の孫になれてうれしいわ」

老人は、なんでもないというように手を振ったが、その目には喜びが浮かんでいた。

「二階へ連れていきなさい、ディミトリウス。妊娠した女性は休息が必要だろう」

アレクサンドラはふたたび笑ってしまった。ディミトリが毎日一度は口にする台詞と一緒だ。しかも、たいていはその〝休息〟の前に彼とベッドをともにするのが習慣になっている。

ディミトリは彼女を腕に抱きあげた。「行こうか、かわいい人。きみには昼寝が必要だよ」

楽しそうに笑いながら、アレクサンドラは抗議の言葉を口にした。「このまま階段を上がるのは無理よ。重いもの」

「きみが太ったから？　祖父の話を聞いたあとで僕がそんなことを認めると思うのかい？」

ディミトリがアレクサンドラを抱きかかえたまま連れていった寝室は、キングサイズの天蓋(てんがい)付きベッドが小さく見えるほど広かった。二つ並んだスライド式ガラス扉はテラスに通じており、その向こうにはクリスタルブルーの海が広がっている。

「すてき！」

自分の体に密着させたまま、思わせぶりなしぐさでディミトリは彼女を床に立たせた。アレクサンドラは息をのむ景色からディミトリに視線を向け、ほほ笑んだ。

「昼寝、って言ったわよね？」

「その前に、きみが適度に疲れるようにしないと」言いながらディミトリはアレクサンドラの服を脱がせはじめた。

自分の着るものを探して、アレクサンドラはアンティークのたんすを次々と開けていった。引き出しにはディミトリのソックスとシルクのボクサーパンツ、白いTシャツばかりで、彼女のものは入っていない。腰をかがめて、いちばん下の引き出しを開けたとき、力強い手がアレクサンドラをまっすぐに立ちあがらせた。

「何をしているんだい？　そんな姿勢で重たい引き出しを開けたら、体にさわるだろう」

「着替えを探しているだけよ。あなたのものしか見つからなくて」

ディミトリは彼女をくるりと向き直らせ、バスルームの隣にある扉を示した。「あそこだ」

扉を開けたアレクサンドラの目に飛びこんできたのは、服をかけるラックと作りつけのたんすや靴が並んだ棚がある、広々としたウォークイン・クロゼットだった。アレクサンドラのマタニティドレスの横にディミトリのスーツがかけられた光景に、アレクサンドラはほほ笑んだ。ディミトリの祖父とのディナーの席で着るドレスを選びながら、アレクサンドラは自分がパリのアパートメントに残してきた服があるのに気づいた。

「私の服をとっておいたのね」

「もちろん。きみが戻ってきたときに着るだろうと思って」開いたままの扉の向こうからディミトリの声がする。「もっとも、あと何カ月かしてからだけどね。マタニティドレスをもっと用意しておくべきだったな」

アレクサンドラは、ディミトリがミラノで買ってくれたあざやかな青いくるぶし丈のドレスに指を走らせた。ディミトリのほうを向き、ちゃめっけのある笑みを浮かべる。

「それは私が太ったという意味？」

ディミトリはわざとぎょっとした表情を浮かべてみせた。「まさか。きみの体形は完璧（かんぺき）

だよ。うっとりする」

アレクサンドラはとても幸せだった。体中の血管にシャンパンが流れているようだ。

「あなたの体形もなかなかのものよ、ミスター・ペトロニデス」

母親の記憶のせいで、ディミトリは女性を愛することをためらう性格になってしまった。でも、とアレクサンドラは思う。ディミトリが彼女を自分の息子の母親だからというだけでなく、アレクサンドラ自身として愛し、必要としてくれるようになるのではないかと。

「僕がここにいたら、祖父との夕食の時間にまにあわなくなるな」

「だったら、出ていって。すぐに着替えるから」

アレクサンドラはピーチカラーのシルクの下着を身につけた。妊娠してから買ったものだ。その上にあんず色のふんわりしたサンドレスを着る。やわらかな生地がウエストからふくらはぎのなかばまで優雅に流れるこのドレスは、アレクサンドラのお気に入りだった。ウエストのくびれがなくなった今の体形でも女性らしい気分になれる。

彼女が化粧室から寝室に戻ると、ディミトリはすでにディナースーツに着替えていた。シルクのシャツに渋い色のネクタイを合わせている。

アレクサンドラの姿を見て、ディミトリの瞳に称賛の色が浮かんだ。「このまま部屋で食事をしたくなるな」

「やめて。おじいさまにいい印象を持っていただきたいのに」

「それならもう成功したよ。気づかなかった?」

「とても優しかったわ」

「きみは家族なんだから」

アレクサンドラはほほ笑んだ。家族だからと無条件に受け入れられるのは初めてだった。それは温かい感情をもたらした。

ディナーの途中で、電話に出るためディミトリが席を立った。

テオポリスがアレクサンドラにウインクしてみせる。「仕事というのは無粋だな?」

アレクサンドラは軽く肩をすくめた。

「さて、あんたの家族の話をしてくれんか」

うながされるままにアレクサンドラは話した。マデレインとハンターのこと、母親のこと、そしてデュプリー家の家屋敷を母のために買い戻してくれたディミトリの寛大さも。

「あんたのお母さんはディミトリウスの家族だ。面倒を見るのは当然だよ」

アレクサンドラは唇を噛んだ。「経済的責任を肩代わりしてもらうために、ディミトリと結婚したわけではありませんから」

老人がゆったりと笑う。「もちろんだとも。わかっているよ。孫の金が目当てだったら、あんたはパリを出ていかなかっただろう」

それを聞いて安堵の笑みが浮かんだ。「ええ。ディミトリと一緒になりたかっただけです。フィービのことは知らなかったし」

「ああ、わかっている」

「ごめんなさい」

「なぜ謝るんだ?」

「ディミトリに、おじいさまとの約束を破らせることになって」

テオポリスはわけ知り顔でうなずいた。「そういうことを大切に考える女性なんだな。気に入った」

「ありがとうございます」とは言ったものの、アレクサンドラは罪悪感にさいなまれていた。

「しかし、わしが自分の健康とひきかえに孫を脅して約束させたことを破ったからといって、気にしないでほしい」ため息がもれる。「そもそも、あんな脅しをすべきではなかった」

「フィービとの結婚はずっと前から決められていたことだと聞きました」アレクサンドラは眉をひそめた。「さぞがっかりされたでしょう」

「がっかり?」テオポリスは驚き顔になった。「わしが望んだのは曾孫ができるという保証だ。望みはかなえられた、だろう?」アレクサンドラのおなかに目をやりながらきく。

アレクサンドラはふたたび顔が赤らむのを感じた。ペトロニデス家の男性はそろって彼女を落ち着かない気分にさせる。

テオポリスはおおらかに笑った。「とにかく、ディミトリウスがフィービと結婚する約束を破ったことは気にしなくていい。何もかもうまくいったんだから。フィービはスピロスといるほうが幸せではないかな。彼女はディミトリウスを少し恐れているくらいだ。まあそれは、あの二人がここへ来るまで知らなかったんだが」

驚いたことに、ディミトリの家族は誰ひとりとして、アレクサンドラの妊娠がもたらした変化について悪い感情を持っていないようだ。

テオポリスはワインを飲んだ。「そして、もうすぐ曾孫が生まれる。ディミトリは二つ目の約束は守ったわけだ」

「二つ目の約束？」

「わしに約束したとおり、ディミトリウスはあんたと結婚した」強い意志のみなぎるテオポリスの瞳はぎらぎらしている。「曾孫にペトロニデスの名字を与えた孫に、わしは満足だ」

ショックのあまり、アレクサンドラの笑顔がこわばった。「私と結婚すると、おじいさまに約束したんですか？」

テオポリスは白髪まじりの頭でうなずき、誇らしげに答えた。「わしの孫は約束を守る男だ。二つ目の約束が守られれば、ひとつ目はもういい。あんたの息子はペトロニデス家の跡取りとして育てられる。わしはいつ死んでもかまわん」

「そんなことおっしゃらないで」胸が切り裂かれる思いでアレクサンドラは言い返した。

ディミトリは私と結婚することをおじいさまに約束していたの？　ディミトリは、私たちの子供をペトロニデス家の名前にすると、おじいさまに約束していたの？

「若い人はそれだ。死の話を恐れる。だが、わしは年寄りだ。死は怖くない。もっとも、曾孫に錠前破りを教えてから死にたいがね」テオポリスは自分の言ったジョークに笑った。

アレクサンドラも無理に笑みを浮かべた。「おじいさまの警備員がディミトリに教えたのかと思ってました」

「そうだ。わしも習った。スピロスに教えるためにな。近いうちにフィービも驚くことになるかもしれん」

めまいがしそうなほどのショックを受けたというのに、なごやかに会話を続けている自分が信じられない。アレクサンドラはあわててジュースをひと口飲んだ。

彼は私が欲しかったから結婚したわけではないのだ。子供のためでもない。祖父との約束を守るために結婚したにすぎない。

「大丈夫か？　顔色が悪いが」

アレクサンドラは食べかけの皿を見た。「疲れているのと、少し気分が悪くて。つわりはふつう、最初の三カ月で終わるはずなのに、私は……」

テオポリスがうなずいた。「そうだった。横になるかね?」

どうしたいだろう? 二階でひとりになっても惨めになるだけだ。今は誰かと一緒にいたい。「いいえ、ここでおじいさまとご一緒にいます」

「老人への親切だな」

「とんでもない。楽しいですから」アレクサンドラは心から言った。

二人はコーヒーを飲むため客間に移り、地中海スタイルの明るい色のソファに腰を下ろした。そこへディミトリが戻ってきた。すぐそばに彼が座ったせいで、アレクサンドラの体に緊張が走った。ディミトリが味わわせてくれた幸福感を簡単に忘れることができればいいのに。ディミトリが祖父と交わした約束を私に言うのを都合よく忘れたように。

アレクサンドラは、ほほ笑みながら二人を見守るテオポリスに神経を集中した。「ディミトリがふらっと撮影現場に来たとき、私が着ていたスーツが気に入らなくて、すぐに着替えてこいと言ったことがあるんです」

「それで、ギリシア男の独占欲に理解あるあんたとしては、すぐに着替えたわけか?」テオポリスがいたずらっぽく目を輝かせる。

ディミトリがおどけた表情を見せた。「黙ってわきにどかないと今みんながいるこの場で脱ぐわよって、たんかを切られたんです」

アレクサンドラは横目でちらとディミトリを見たが、それだけでも心が痛んだ。とても正面から彼と目を合わせることはできない。

老人が大笑いし、早口のギリシア語で何か言うと、ディミトリが不機嫌な顔になった。

「この娘をつかまえるのに、おまえもずいぶん苦労したな？」

ディミトリはアレクサンドラの肩を抱いた。「ええ。でもこうして手に入れたんです。二度と放しはしません」

アレクサンドラは彼に甘えたい欲求と、むこうずねを蹴りたい欲求にかられた。頭がおかしくなっているのかもしれない。ディミトリのせいで。

「そろそろやすませていただくわ」彼女は勢いよく立ちあがり、ディミトリを振り返った。「あなたはもっとおじいさまと話していて」

立ちあがったディミトリはいぶかしげに目を細めた。「二階まで送っていくよ」

「戻ってこなくていいぞ。わしもそろそろ寝る時間だ」テオポリスもゆっくり立ちあがった。疲れた表情に見える。「おやすみ」

その夜、ベッドで彼女に手を伸ばしたディミトリは、疲れているからという理由で拒絶された。

12

次の朝、ベッドの上でアレクサンドラはきりだした。「赤ちゃんが生まれたあと、モデルに戻ったとしたら、何か問題がある？」

朝の光のなか、ベッドのわきに立ったディミトリが拳を握りしめた。「もうモデルはやめると言ったはずだ」

アレクサンドラは肩をすくめた。「あのときは仕方ないと思っていたから。ひとりで子育てをするんだから、モデルのような忙しい仕事は無理だって」

「僕らの息子を子守りにまかせるというのか？」ディミトリは吐きだすように言った。

本当は、家で赤ん坊を育てるのをアレクサンドラは楽しみにしていた。母乳を与え、子供が初めて言葉を発するとき、初めて歩くとき、いつも立ち会っていたい。なのに、私はなぜこんなことを言っているの？

「仕事を減らすわ。ファッションショーとコマーシャルはやめて、写真撮影だけにする」

ディミトリがにらみつけた。「きみは僕の妻だ。働く必要はない」

アレクサンドラはシーツを握りしめた。「それは命令？」

「だとしたら、従うのか？」

「自分の人生は自分で決めるわ」

「きみがそうしなかったことがあるか？」ディミトリは背を向け、隣室に消えた。

ひとりになったアレクサンドラは、目の奥が焼けつくのを感じた。本当はモデルになんか戻りたくない。なのにモデルに復帰したいと言ったのは、ディミトリを怒らせたかったからにすぎない。彼が私を愛していないから。

いいえ……それだけではないかもしれない。私が何をしてもディミトリが受け入れてくれるかどうか、試したい気持ちがどこかにあったのだろう。その実験はみごと失敗に終わった。

きつく閉じたまぶたのあいだから熱い涙がこぼれる。アレクサンドラは鼻をすすり、涙と苦痛を追いやろうとした。

一瞬後、ディミトリのがっしりした体とぬくもりに包まれていた。「泣かないでくれ、かわいい人(ペティ・ムー)。僕がばかだった。きみが仕事をしたいなら、邪魔はしない」

「ディミトリ？」いつのまに彼はベッドに戻ったのだろう。

「ほかに誰がいると思ったんだ？」アレクサンドラを抱きしめながら、ディミトリが軽い冗談で返す。

そんな意味できいたんじゃない。「あなたなのはわかっているわ。ただ……あなたの言葉に驚いただけ」

「僕は自分のやり方を通すことに慣れているから」

彼には見えなかったが、アレクサンドラは涙ぐんだ目でほほ笑んだ。「そうね」

「僕は傲慢(ごうまん)な態度をとることがある」

アレクサンドラは返事をしなかった。沈黙のほうが言葉よりも強いと思ったのだ。

「きみが仕事のために僕から離れている時間がいやだった。でもそれは僕のわがままだ。きみが幸せになるためにモデルを続けることが必要なら、邪魔はしない」

彼は本気で言っているのだろうか？　アレクサンドラは探りを入れた。「妻がモデルでも恥ずかしくないの？」

「どうして？　恋人だったときもモデルだったじゃないか」

「恋人と妻は違うでしょう？　あなたもそう言ったじゃない」

「僕はあとで悔やむようなことをいろいろ言ってしまった」声が重く沈む。

「ママが怒り狂うわね」

「お母さんのことは僕が対処するよ。家屋敷を買い戻した僕を神のように思っているようだから」

アレクサンドラの涙が笑いに変わった。「本気なの？」

「ああ」

「ザンドラ・フォーチュンに戻った私を本当に助けてくれるの？」

「いや」唇が引き結ばれた。

アレクサンドラは息をのんだ。やはり、ディミトリはモデルだった私を受け入れていたわけではなかったのだ。

「モデルを続けるのはいい。だが、きみはアレクサンドラ・ペトロニデスだ。仕事中であっても、僕の妻でないふりをすることは許さない」

傲慢な言葉に怒るどころか、アレクサンドラは気持ちが浮き立った。私を愛していなくても、妻として敬意は払っているのだ。

「モデルには戻りたくないわ」アレクサンドラは白状した。

ディミトリの表情が石のようになった。「なんだって？」

「家で赤ちゃんを育てたいの」

「だったら、なぜあんなことを言ったんだ？」ディミトリの大声は、アレクサンドラの耳がしびれるほどだった。

「大声を出さないで！」

ディミトリの顎に力が入った。心のなかで十まで数えているのがアレクサンドラにもわかる。「モデルに復帰する気がないのに、どうして戻りたいと言った？」目に怒りの炎を燃やし、彼は食いしばった歯のあいだから声を絞りだした。

「知りたかったから」

「何を?」

「あなたが過去の私を受け入れているかどうか。あなたの子供を授かったときのモデルの私を。あなたと再会したときは、私はすでにアレクサンドラ・デュプリーだったから」

「二人とも僕にとっては同じ女性だ。そう言ったじゃないか」

「おじいさまへの二つ目の約束のこと、どうして教えてくれなかったの?」その質問をするつもりはなかったのに、いつのまにか口にしていた。もう取り返しはつかない。

ディミトリは立ちあがった。全身を震わせているのはなんのためだろう。敗北感でないことだけはたしかだ。「いつも僕より優先していたモデルの仕事に戻りたいと嘘をついたのはそのためか?」

「あなたより優先したことはないわ」

「なんだって? 〝一緒には行けないわ、撮影があるから。コマーシャルの仕事で一週間留守にするの。今日はセックスできないわ、明日の朝むくまないように早く寝なくちゃ〟」ディミトリは、アレクサンドラのかつての言い訳をいやみたっぷりにまねてみせた。「そう、性生活でさえきみの仕事に振りまわされていた。僕より仕事を優先しなかったなんて、言わないでくれ」

「仕事をしなくちゃならなかったのよ。理由はもうわかったでしょう」

「今はね。当時は知らなかったし、きみは教えてくれなかった」

「言えなかったんですもの」

「なぜだ？　どうして本当の自分を明かせなかったんだ？」

「それは……」

「教えてやろう。僕を信用していないからだ。体はさしだしても、きみは僕を信じていないし、愛してもいない。きみは僕を憎んでいる」ディミトリのギリシア語訛がいつもよりひどくなった。

「そんなことないわ！　愛していたわよ！」

ディミトリはベッドから下りてアレクサンドラを見下ろした。「一緒に暮らした一年間、毎日僕に嘘をついていたのに、愛していただって？　そんな愛ならいらない」

アレクサンドラは憤慨し、大きくあえいだ。「嘘なんかついてないわ」

「ザンドラ・フォーチュンだと言ったじゃないか」

「私はザンドラ・フォーチュンだったもの」

「どっちでもいい。どうせ、きみは自分の都合のいいように歴史を書きかえるんだから」

「書きかえる必要なんかないわ。よく覚えているもの。あなたにごみのように捨てられたことをね！」アレクサンドラは叫びながら、自分で自分の逆上ぶりに驚いていた。

肩を落としたディミトリは、憔悴しきって見えた。「いつもそれを持ちだすんだな」彼は後ろを向いた。

突然アレクサンドラはベッドを飛びだした。「背を向けないで、このろくでなし！」

ディミトリが振り向く。「僕がなんだって？」

「あの日、シェ・ルネであなたが私に言った台詞よりはましよ」

「僕はなんて言った？」

「私を娼婦呼ばわりしたわ！」

ディミトリはショックを受けたようだ。「そんなことは言ってない」

「いいえ、言ったわ。宝石箱が代弁したわよ！」

「あのブレスレットは、きみと過ごした日々への感謝のしるしに買ったんだ……それが、嫉妬のあまり別の意味を持ってしまった」

ブレスレットだったのね。アレクサンドラは箱を開けてもいなかった。「あの日あんなことを言ったのに、その話を信じろというの？」

「いや」ディミトリは首を振った。「何も信じなくていい。僕が二人の愛を裏切る前から信用していなかったんだ。ましてや今になって、信用してくれるとも思えない」

赤い怒りの霧に包まれながらも、アレクサンドラは気づいた。ディミトリは〝二人の愛〟と言わなかったかしら、〝愛〟と。

「思ったとおりというわけだ」数秒間、ディミトリは黙ってその場に立ちつくしていた。

「ほかに何か言いたいことは？」

「二つ目の約束を黙っていたのはどうして？」

「言っていたら、祖父との約束を果たすためだけにきみを捜したと思っただろう。僕自身のためにきみが欲しいんだと思ってほしかったんだ」ディミトリは寝室から出ていった。

〝僕自身のためにきみが欲しいんだと思ってほしかったんだ。きみは僕を信用したことがない。きみは僕に嘘をついていた。きみは僕を憎んでいる……〟アレクサンドラの頭のなかで、ディミトリの言葉が終わることのないリフレインのように鳴りひびく。〝そんな愛ならいらない〟

愛。ディミトリは、私たち二人の愛を裏切ったと言った。そう、彼は私を愛していたことを認めた。今でも愛してくれているのだろうか？　ニューヨークで再会して以来、幾度となく拒絶した私を。

私はディミトリを愛している。

ずっと愛していた。態度に表さなかったけれど。パリで一緒に暮らしていたときも、再会してからも。でも自分は隠し事をし、信用もしていなかった。そんな愛があるだろうか？　今はっきりわかった。無条件の愛を欲しがっていながら、自分からは与えていなかったのだ。もう遅すぎるのだろうか？

アレクサンドラは隣室に入っていった。ディミトリは窓辺にいた。がっしりした男らしい姿に、アレクサンドラはしばし見とれた。この人を失うわけにはいかない。

「寝室に戻れ、アレクサンドラ」

彼女はローブを脱ぎ捨て、一歩前に出た。「連れていって」

ディミトリは振り向こうとしない。「これ以上口論する気分じゃない。お互いに不愉快になるだけだ。ほうっておいてくれ。頼む」

13

〝頼む〟という言葉が、アレクサンドラを突き動かした。あの傲慢(ごうまん)で誇り高いディミトリが懇願している姿は見ていて耐えがたかった。

アレクサンドラは彼に駆け寄り、背後から両腕をまわした。赤ん坊がおなかのなかで暴れている。ディミトリも、密着した背中から息子の動きを感じたに違いない。

アレクサンドラは彼の背中に唇を押しつけながら、熱に浮かされたように言った。「憎んでなんかいないわ。愛してるの。すなおじゃなくてごめんなさい。信じられないかもしれないけど……」

ディミトリはアレクサンドラの腕をはずして、振り返った。「やめてくれ。僕こそ、きみを傷つけた。子供という贈り物を、そしてきみ自身という贈り物を拒絶した愚かな男だ」

「お願い、これだけは言わせて」アレクサンドラは一歩後ろに下がり、ディミトリの青い瞳をまっすぐにとらえた。「母のことは好きだけど、無条件に愛情をそそいではもらえなかった。愛されたのは、母の思ういい娘の行動をとったときだけ」思いきってすべて吐露する前に、大きく息を吸う。「子供のころから、私にとって愛情とは条件と制限のついたもの、そして傷つけるものだったの」

ディミトリがうなずいた。

「あなたと恋に落ちたとき、私は条件と制限をつけずにはいられなかった。本当のことを言わなかったのは、怖かったから。ディミトリ、あなたは一流の男性よ。そんなすばらしい人が自分の恋人になるなんて、本当に信じられなかった」

高ぶる感情を抑えようと、アレクサンドラはふたたび息を吸いこんだ。

「あなたがザンドラ・フォーチュンを求めてくれたことさえ信じられなかった。ましてや、アレクサンドラ・デュプリーに興味を持つはずがないと思うと、怖かったの。修道院の設立した女子校で教育された、落ちぶれた名家の娘なんて。それに、正直に言えば、あなたに見せない自分を保っていれば、あなたに捨てられても何かは残るだろうとも思っていた」

彼の表情を見れば、理解してくれているのがわかる。

「だけど、うまくいかなかった。ザンドラ・フォーチュンはアレクサンドラ・デュプリーでもあったから。ザンドラとしてあなたとつきあっていたつもりだったけど、あなたを失ったとき、アレクサンドラも苦しんだの。今思えば、旅行の理由を言わなかったせいで浮気していたと思われても、仕方がなかったわ」

「違う！　そうじゃない！」言葉がディミトリの口から飛びだした。「僕が色眼鏡で見ていたのがいけなかったんだ。きみは母と違うとわかっていたはずなのに。両親のようになるまいと、かたくなになってしまった。そして、きみにひどい仕打ちをした」

アレクサンドラの目に涙があふれた。

「すべて僕の落ち度だ。病に倒れた祖父が無理やりとりつけた約束が気になって、まともに考えられなかったせいだ」

「私、一週間待ったわ。フィービとの婚約発表を新聞で読むまでは、パリで待っていたのよ」

ディミトリは目を閉じ、天を仰いだ。「祖父が発表を新聞に載せたとき、人生最大の間違いだと気づいた。きみをとり戻さなければ、何もかもだめになると。でもきみは消えてしまった」

ディミトリの言葉には名状しがたい痛みがこめられていた。

「ごめんなさい」アレクサンドラがささやく。

「見つからなかった。探偵に調査させても、きみの存在は完全に消え去ってしまった。僕は悪夢を見るようになった。真っ暗な深い穴にきみが落ちていって見えなくなる夢を」

アレクサンドラは一歩近づき、彼の心臓の上に手を当てた。「あなたと別れて本当につらかった。死んでしまうかと思ったわ」

ディミトリはひしと彼女を抱きしめた。「すまない」

彼と出会ってから初めて聞く謝罪の言葉に、アレクサンドラは心の傷が癒されるのを感じた。

「愛してるわ、いとしい人」

ディミトリの唇が重なった。魂まで届く情熱的なキスだった。

「アレクサンドラ・ペトロニデス、きみは僕のもっとも大切な宝だ。一生愛しつづける」

彼女は涙をこらえた。「もう一度言って」

ディミトリが両手で彼女の顔を包んだ。「愛している。独立心旺盛なキャリアウーマン、ザンドラ・フォーチュンも、警戒心の強いおてんば娘、アレクサンドラ・デュプリーも。そして、今後きみがいかなる人格を演じることになろうとも、きみが僕の妻であればこそ愛している」

「証明して、ディミトリ」

彼はその言葉に従った。美しく、エロティックに。ベッドに場所を移してもう一度。アレクサンドラはディミトリの腕のなかで眠りに落ちた。

デュプリー家の子供部屋の入口に立ったディミトリは、妻が幼い息子をベビーベッドに寝かしつける様子を見守っていた。曾(そう)祖父の名前をもらったテオもすでに十カ月。初めてのクリスマスにはしゃいでいたテオだが、大好きな祖母の腕のなかで一時間ほど前から眠かったようだ。

セシリアは、ニューオーリンズの屋敷に家族とディミトリを招き、すばらしいクリスマス・ディナーをふるまった。母の言いなりになってほしいと頼んだのはアレクサンドラだ。愛する妻の望みならなんでもかなえたいディミトリに、もちろん異論はなかった。

この愛は父が母に向けた執着心とは違うものだと、ディミトリは理解するようになった。アレクサンドラも、つねに僕に最高のものを与えようと返してくれる関係だ。

アレクサンドラがテオの背中に手を添え、フランス語の子守り歌を優しい声で歌っている。子守り(ナニー)に育児をまかせるどころか、アレクサンドラはすべての面倒をひとりで見てきた。生後数カ月は、午前零時と三時の授乳、そして夜明けにおむつの交換。彼女と一緒に起きることになるディミトリは、それをいとわしく思うどころか、授乳の光景の美しさにいつも釘(くぎ)づけになった。

アレクサンドラは母親としても、妻としても、申し分のない女性だ。ディミトリは日々、二度目のチャンスを与えてくれた神に感謝していた。

テオを寝かしつけたアレクサンドラが子供部屋から出てきた。夫を見上げた顔には、温かい愛情が満ちあふれている。彼女がそばにいてくれる幸運を二度と手放すものか。ディミトリは心に誓った。

彼はアレクサンドラに腕をまわし、寝室へいざなった。「きみに渡したいものがある」

「ディミトリ」あきれたとばかりに、アレクサンドラは一音一音区切って名前を呼んだ。

「贈り物はもう山ほどくれたでしょう。去年よりひどくなってるわ」

祖父とギリシアで過ごした一回目のクリスマスを思い出し、ディミトリはほほ笑んだ。エタニティ・リングのプレゼントに、アレクサンドラは涙を流した。その夜、彼女からのお返しは、ディミトリにこの世のものとも思えない快楽を与えてくれた。シースルーの赤いガウンに身を包んだアレクサンドラ自身がプレゼントだった。

彼女の瞳には愛情があふれている。「甘やかしすぎよ」

「完璧（かんぺき）な女性を甘やかすのは無理だ」

アレクサンドラは首を振った。「私は完璧なんかじゃないわ」

アレクサンドラは、自分に欠点があることを忘れてほしくないとばかりに、しばしばこういう言葉を口にする。そのたびに、ディミトリは、何があっても彼女を愛しつづけると誓った。今もまた。

ディミトリは寝室の天蓋（てんがい）付きアンティークベッドに彼女を座らせ、ポケットから赤い紙と金色のリボンで包装されたプレゼントをとりだした。

「メリー・クリスマス、いとしい人（アガペ・ムー）」

美しい唇に笑みを浮かべ、アレクサンドラは包装紙をはがした。白い宝石箱が現れた。忘れもしない箱だ。

蓋(ふた)を開ける指がかすかに震える。そして、アレクサンドラは息をのんだ。

ディミトリは箱からブレスレットをとりだし、彼女の腕にはめた。アレクサンドラの美しい目に涙があふれている。

「大丈夫かい？」

アレクサンドラはうなずいたが、声を出すのに喉の塊をのみこまなければならなかった。

「同じブレスレットなの？」

「ああ」

「あのとき箱を開けていたら、きっとパリを離れなかったわ」

ディミトリは安堵(あんど)のため息をもらした。最後まで残ったわだかまりもようやく消え去ったのだ。

アレクサンドラは自分の腕を見下ろした。からまりあった二つのハートにあしらわれたダイヤモンドが輝きを放っている。

愛人に別れ際に渡すにはふさわしくない。それどころか、このブレスレットには、恋人に愛情の証(あかし)として渡す贈り物よりも、もっと深い感情がこめられている。ディミトリが当時はまだ言葉で表さなかった感情が。

「あのときも愛してくれていたのね」

「きみを抱いた翌朝から愛していた」

「私も……。気づくのに時間がかかったけど」

「でももう忘れない」

「あなたは約束を守る人ですものね。おじいさまがご存じのとおり」アレクサンドラがからかうように笑う。

「きみを愛しつづけるという約束なら、もちろん」

アレクサンドラは真剣な面持ちになった。「あのとき、箱を開けていればよかった」

「きみはそんな気にもならないほど怒っていたんだから、仕方ないさ。僕はわざときみを怒らせたような気もする」

「ブレスレットのメッセージを認める勇気がなかったのね」

「愛しているよ、いとしい人（アガペ・ムー）」

「愛しているわ、いとしい人（モン・シエール）」

ディミトリは彼女を腕に抱き寄せた。「いつまでも」

二度と離れないという思いをこめてアレクサンドラも抱擁を返した。「いつまでも」

●本書は、2005年3月に小社より刊行された作品を文庫化したものです。

愛だけが見えなくて
2024年7月15日発行　第1刷

著　　者／ルーシー・モンロー
訳　　者／溝口彰子（みぞぐち　あきこ）
発 行 人／鈴木幸辰
発 行 所／株式会社ハーパーコリンズ・ジャパン
東京都千代田区大手町 1-5-1
電話／04-2951-2000（注文）
0570-008091（読者サービス係）
印刷・製本／中央精版印刷株式会社
表紙写真／© Vladimir Nikulin | Dreamstime.com

ISBN978-4-596-63925-7